Finn
Fletcher

Die
Stalkerin

Roman

Finn Fletcher

Die Stalkerin

Bibliografische Information der Deutschen Nationalbibliothek:
Die Deutsche Nationalbibliothek verzeichnet diese Publikation in der Deutschen Nationalbibliografie; detaillierte bibliografische Daten sind im Internet über http://dnb.dnb.de abrufbar.

Autorenseite, eBook:
Finn Fletcher bei BookRix
https://www.bookrix.de/-rz6f2932635f475

Rückmeldungen und Anmerkungen zum Buch von Lesern an den Autor bevorzugt direkt per Email an folgende Adresse: FinnFletcher@gmx.de

Illustration Cover: Fotolia, Venusangel

Herstellung und Verlag: BoD – Books on Demand, Norderstedt

ISBN: 978-3-7448-3523-7

Misty

Misty betrat Brians Haus durch den Kücheneingang. Die Tür war nicht abgeschlossen, wie immer. Sie sah sich um, und stellte fest, dass sich eigentlich nichts großartig verändert hatte, seitdem sie sich das letzte Mal eingeschlichen hatte. Aber hier unten war es ja auch egal.

Ihr persönliches Highlight war sein Zimmer. Sie konnte es kaum abwarten und schlich behutsam auf leisen Sohlen die Treppe hinauf. Auf dem Korridor machte sie kurz halt. Sie wollte noch einmal überlegen, was genau sie dieses Mal in seinem Zimmer tun wollte. Als erstes seinen Kleiderschrank durchwühlen, das war beim letzten Mal schon so aufregend gewesen. Was dann? Vielleicht sogar etwas von ihm anprobieren, um ihm ganz nahe zu sein? Egal, genug überlegt, jetzt schnell rein.

Der Spaß sollte beginnen. Sie öffnete leise die Tür und setzte einen Fuß ins Zimmer. "Quiiieeeeeetsch." Das unerwartete Geräusch in dem stillen Haus erschreckte sie zu Tode. Scheiße, was war das? Sie sah nach unten. Sie war auf ein rosa Quietscheentchen getreten. Seit wann hatte Brian solche Albernheiten in seinem Zimmer? Sie sah sich um, überall Mädchenspielzeug. Die Möbel waren auch andere, als die von Brian. Er musste sein Zimmer mit seiner kleinen Schwester getauscht haben. Musste ihr dieses kleine Mistvieh eigentlich immer in die Quere kommen? Sie verließ das Zimmer und versuchte es nebenan.

Bingo! Volltreffer! Diesmal war sie im Zimmer ihres Schwarms. Sie erkannte die Möbel vom letzten Mal, nur dass sie anders standen, weil ja auch der Grundriss des Zimmers anders war. Sie sprang aufgeregt zum Kleiderschrank. Ruckartig öffnete sie die Tür eines Fachs. Wie cool, hier lag seine Footballkleidung. Dass er Footballspieler war, fand sie fast am attraktivsten an ihm, ganz abgesehen von seinem Körper und dem süßen Gesicht. Sie hielt sein Trikot in den Händen, hob es an die Nase und schnüffelte daran. Schade, seine Mom musste es frisch gewaschen haben. Sie hätte so gern seinen Geruch in der Nase gehabt. Nein, sie sollte das Hemd besser nicht anziehen, denn es würde sie nur Zeit kosten. Ach, egal, schon hatte sie es übergestreift.

Plötzlich hörte sie die Haustür. Scheiße, nein! Seine Familie war doch auf Besuch in einer anderen Stadt und er hatte noch sein Footballtraining. Das konnte doch jetzt nicht sein. Sie hörte Stimmen, und ließ den Blick durchs Zimmer streifen. Sie quetschte sich unter den Schreibtisch, nein, hier würde er sie sehen.

Sie hörte, dass die Stimmen näherkamen. Sie kroch vom Schreibtisch auf Brians Bett zu. Wie gerne würde sie sich jetzt in sein Bett legen und in sexy Dessous auf ihn warten. Aber die Dessous konnten noch so sexy sein, das würde an ihrem Scheiß-Aussehen ja auch nichts ändern. Naja, vielleicht im nächsten Leben. Sie verjagte diese Gedanken und konzentrierte sich darauf, unter das Bett zu kommen. Die Stimmen hörten sich jetzt sehr nah an, und sie konnte Brians Stimme erkennen. So, jetzt war sie unter dem Bett, gerade noch rechtzeitig.

Sie war aufgeregt, aber hatte sich ziemlich gut im Griff. Misty atmete lautlos. Sie war so unter das Bett gekrochen, dass sie mit dem Kopf nach vorne lag, und unter dem Bett hervorgucken konnte. Die Unterhaltung war abgebrochen.

Sie hörte jetzt nur noch Brians Stimme. "Ich trainiere etwas", rief er laut. Die andere Person war wohl noch im Flur oder im Bad. Plötzlich waren seine Füße genau vor ihr. Sexy, in weißen Tennissocken. Sie sah kleine Härchen an seinen Beinen. Er trug wohl Shorts. Als sie alleine im Zimmer gewesen war, hatte sie Hanteln auf dem Bett liegen sehen. Sie spürte, wie etwas vom Bett genommen wurde. Dann war gleichmäßiges Stöhnen zu hören. Brian machte genau vor ihr Hanteltraining. Wie gerne würde sie ihm dabei zuschauen, denn es sah bestimmt sexy aus. Stattdessen starrte sie auf seine Füße in weißen Tennissocken, Größe 47. Sie wusste fast alles über ihn auswendig, sogar seine Schuhgröße.

In der Küche

Misty war außer sich. Ausgerechnet mit Tiffany traf er sich. Sie nahm er mit auf sein Zimmer, zu sich nach Hause, diese Cheerleader-Schlampe. Das konnte doch nicht wahr sein. Sie saß in der Küche, und versuchte, sich etwas zu beruhigen, aber der Kaffee, den sie sich gemacht hatte, half dabei nicht gerade besonders gut. Nachdem Brian und Tiffany das Haus verlassen hatten, war sie nach unten in die Küche gegangen. Sie wusste eigentlich, dass es schlauer war, so schnell wie möglich zu verschwinden. Ihr war ja auch klar, dass es nicht rechtens war, sich in einem fremden Haus aufzuhalten, aber sie hatte irgendwie das Bedürfnis, noch weiter so lange wie möglich in Brians Umfeld zu sein.

Sie ließ den Blick durch die weitläufige Küche wandern. Die Atmosphäre gefiel ihr, eine richtige Familienküche, nicht zu altmodisch, aber auch nicht zu modern eingerichtet. Außerdem war es Brians Küche, und allein deshalb war sie schon toll.

Ein gigantischer Kühlschrank fesselte jetzt Ihre Aufmerksamkeit. Sie ging hinüber, öffnete ihn, und schaute sich neugierig den Inhalt an. An den Fächern waren verschiedene Schilder angebracht. Auf dem untersten stand "Amber". Das war seine kleine Schwester. Auf dem mittleren stand "Familie", und auf dem obersten "Brian".

Wahrscheinlich hatte dieses kleine Mistvieh ihm immer seine Lieblingssnacks geklaut. Deshalb hatte er dann wohl auf seinem eigenen Fach bestanden. Misty musste etwas auf Zehenspitzen gehen, um in sein Fach gucken zu können. Besonders die Fitnessriegel fielen ihr auf. Sehr gut, er achtete auf seine Ernährung, um seinen tollen Körper in Schuss zu halten. Sie griff aber nicht nach den Riegeln, sondern nach einer Packung mit Popcorn-Mais. Mit ihrer Beute ging sie zu der Maschine, die sie dank der Aufschrift als Popcornmaker erkannt hatte. Sie wusste, dass es irgendwie leicht durchgeknallt war, sich hier in aller Ruhe Popcorn zu machen. Aber sie konnte der Versuchung nicht widerstehen, genau das zu tun, was Brian scheinbar auch hier machte. Er schien sich ja auch gern Popcorn zuzubereiten, deshalb fühlte sie sich ihm wieder ganz nah, als sie die Maiskörner in die Maschine füllte und den Startknopf drückte.

"Was machst du hier?" Die laute Stimme riss sie aus ihren Gedanken und sie drehte sich erschrocken um. Es war seine Schwester , die mit lauerndem Gesicht im Türrahmen stand. Misty versuchte einen auf naiv zu machen: "Ich mache Popcorn, sieht man das nicht? "Brians Schwester ließ sich aber nicht für dumm verkaufen. "Ich meinte, wer du bist, und warum du in unserem Haus rumläufst." "Ähm, ich ... ... ich bin eine Austauschschülerin von deinem Bruder", stotterte Misty sich einen ab. "Mein Bruder hat keine Austauschschülerin. Davon müsste ich etwas wissen." Im Popcornmaker fing das Popcorn langsam an aufzupoppen. "Ich muss mich jetzt um das Popcorn kümmern", versuchte Misty abzulenken und wendete sich der Maschine zu.

Sie überlegte fieberhaft, wie sie möglichst unbeschadet aus dieser blöden Situation herauskommen konnte. Sie tat beschäftigt und holte die Lade mit dem fertigen Popcorn aus der Maschine. Doch auf einmal war Amber neben ihr und versuchte, ihr den Behälter aus der Hand zu nehmen. "Jetzt ist Schluss mit dem Popcorn", meinte sie bestimmend. "Ich will jetzt wissen, was hier los ist." Die beiden rissen an dem Behälter, so dass schließlich das ganze Popcorn durch die bisher recht saubere und aufgeräumte Küche flog.

Misty dachte, dass Angriff die beste Verteidigung sei, und schrie: "Toll gemacht, du kleine Kröte! Ich gehe jetzt deinen Bruder holen. Du machst den Schweinestall hier sauber." Sie eilte aus der Küche, um nicht zu riskieren, dass noch weitere Familienmitglieder oder sogar Brian selbst auftauchen und sie direkt an die Polizei übergeben würden.

Misty übt

Misty kletterte durch das offene Kellerfenster. Sie hatte das Haus ein paar Tage lang beobachtet und festgestellt, dass vormittags niemand zu Hause war. Ihre Idee, Stalking zu üben, indem sie sich jetzt auch bei anderen Jungs einschlich, kam ihr geradezu genial vor. Bevor sie sich wieder an ihren Traummann Brian heranmachte, wollte sie etwas Übung bekommen, Dinge ausprobieren und Erfahrung sammeln.

Es war ein Haus der oberen Mittelklasse. Deshalb hatte es wohl auch keine Alarmanlage, praktisch für sie, denn trotz Alarmanlagen und sonstigen Hindernissen in ein Haus zu kommen, kannte sie sich nicht aus, noch nicht. Sie hatte aber schon angefangen, sich YouTube Videos anzuschauen, auf denen alle möglichen Tricks und Hinweise gezeigt wurden. Sie war die Treppe ins Erdgeschoss hochgestiegen und kam ins Wohnzimmer. Gemütlich war es ja schon hier, aber etwas spießig. Passte gar nicht so zu Patrick, ihrem momentanen Stalking-Objekt. Hatte bestimmt seine Mom alles eingerichtet, oder eher seine Großmutter, so wie es hier aussah. Naja egal, ab in sein Zimmer jetzt.

Sie schaute in zwei Räume, bis sie sein Zimmer ausfindig machen konnte. Die vielen Bilder an der Wand, auf denen er zu sehen war, sagten ihr, dass es sein Zimmer war. Sie hatte ihn ausgewählt, indem sie im Internet über Highschool-Football-Seiten gesurft war. Sie hatte darauf geachtet, dass sie ihr Jagdrevier jetzt in einer Stadt hatte, die nahe genug war, um herzukommen, aber weit weg genug, dass es sich nicht bis zu ihrer Heimatstadt herumsprechen würde, wenn sie unangenehm auffallen sollte.

So, das war also Patricks Zimmer. Es war etwas unordentlicher als Brians Zimmer. Das einzige, was fast gleich war, waren die Hanteln, aber bei Footballspielern ja auch nichts absolut Ungewöhnliches. Da noch genügend Zeit war, versuchte sie eine der beiden Hanteln vom Boden hochzuheben, doch sie war zu schwer. Scheiße, verdammt, das gibt es doch wohl nicht, dass sie diese lächerliche Hantel keinen Zentimeter vom Boden hochbekam. Autsch!!! Jetzt tat der Rücken weh, hatte sie sich an der doofen Hantel verhoben? Misty legte sich ins Bett, um sich etwas auszuruhen. Was war das unter ihr? Sie zog eine XXL-Unterhose hervor. IIIIIIIIIHHHHHHHH!! BAHHHHHHHH! Konnte der nicht seine Unterwäsche vernünftig wegräumen? Bei Brian sah es doch schließlich auch nicht so aus!!

Sie ruhte sich etwas in Patricks Bett aus und wanderte mit den Augen durchs Zimmer. Der Flachbildfernseher war sicher das teuerste, was hier herumstand. Die Möbel schienen recht einfach und zusammengewürfelt zu sein, es wirkte alles etwas lieblos, aber irgendwie typisch für einen Highschool-Schüler. Nach gefühlten zehn Minuten reichte es ihr, sie konnte ja

nicht ewig hier liegenbleiben, obwohl sein
Bett ein ganz bequemer und angenehmer
Ort war. Endlich rappelte sie sich auf und
durchstöberte das Zimmer. Zaghaft öffnete
sie den Kleiderschrank. Oh weia, dieser Kerl
musste ein Tier sein, Schuhe in Größe 52 und
Klamotten, die scheinbar die Größe von
Zelten hatten.

Sie ging zum Schreibtisch, dort standen
Fotos, sie erkannte Patrick darauf und
merkte, dass das Foto, auf dem sie ihn früher
einmal gesehen hatte, durch das sie
überhaupt auf ihn aufmerksam geworden
war, geschönt sein musste, bearbeitet. Hier
auf diesen Fotos sah sie, wie er wirklich
aussah: groß, massig, arrogant und
unsympathisch. Aber ganz egal, sie wollte ja
nichts von ihm, nur etwas stalken üben. Sie
öffnete ein paar Schubladen, in einer fand
sie ein Büchlein mit der Aufschrift
"Tagebuch".

Patricks Tagebuch

Mistys neugierige, kleine Äugelchen begannen, über die Seiten zu fliegen. Patrick hatte eine ziemliche Sauklaue, trotzdem konnte sie das meiste entziffern. Und was sie da las, bestätigte den negativen Eindruck, den sie schon auf den Fotos bekommen hatte, vielmehr: Sie war geradezu geschockt. Sie überflog alles, las sozusagen quer, aber die Bruchstücke zeigten ihr überdeutlich, was für ein riesengroßes Arschloch Patrick war.

"Heute in der Pause wieder 'nen Bücherwurm umgerempelt." "Neuem Schüler Taschengeld abgenommen." "Mr. Gibbings in der Mathe-Stunde ins Gesicht gerülpst." Misty wollte diesen Kram eigentlich gar nicht weiterlesen, aber es war wie bei einem Verkehrsunfall: Man konnte einfach nicht weggucken.

Sie durchstöberte das Buch nicht mit System, sondern blätterte fieberhaft hin und her. Verdammt, worauf hatte sie sich nur eingelassen, warum hatte sie vorher nicht besser recherchiert? Je mehr sie las, desto deutlicher wurde: Sie hatte sich in die Höhle des Löwen begeben.

Misty war so in die Lektüre des Buches versunken, dass sie aufschreckte, als sie plötzlich die Haustür ins Schloss krachen hörte. Sie fürchtete, dass es Patrick war, das heftige Zuklatschen der Haustür würde nur zu gut zu seinem Charakter passen, nach allem, was sie durch sein Tagebuch über ihn erfahren hatte.

Weil sie sich bei Brian unter das Bett geflüchtet und damit gute Erfahrung gemacht hatte, robbte sie auch dieses Mal unter das Bett. Erstaunlich sauber alles, keine Wollmäuse flogen ihr entgegen. Patricks Familie musste eine gute Putzfrau haben. Ihm selbst traute Misty nicht zu, so sorgfältig und gewissenhaft sauberzumachen.

Nachdem sie eine Ewigkeit unter dem Bett gewartet hatte, tat sich endlich etwas, denn jemand kam ins Zimmer. Sie lag so unter dem Bett, dass sie einen direkten Blick auf die Tür hatte. Es musste Patrick sein, das sah sie an den gewaltigen, in Flip-Flops steckenden Füßen, mit denen er ins Zimmer schlurfte. Er verschwand aus ihrem Blickfeld, kurze Zeit später erbebte das Bett, er musste sich mit vollem Gewicht hineinfallen gelassen haben.

Neiiiiiiiiin!! Verdammt!! Sie hatte sein Tagebuch auf dem Tisch liegengelassen. Es kam ihr jetzt gerade in den Kopf, hier unter dem Bett hatte sie ja Zeit zum Nachdenken, im Gegensatz zu dem Moment, als er ins Zimmer gekommen war. Wie konnte sie nur so scheißedumm sein, nein, nein, nein, das durfte doch alles nicht wahr sein. Sie klammerte sich jetzt nur noch an die Hoffnung, dass er es nicht so schnell bemerken würde.

Misty döste vor sich hin, denn da nichts passierte, schwand auch ihre Konzentration.

15

Sie wurde erst wieder hellwach, als das Bett sich bewegte. Dann erschienen vor dem Bett, und somit vor ihren Augen, Patricks riesige Quadratlatschen, diesmal ohne Flip-Flops. Plötzlich fiel irgendwas runter auf den Boden und rollte neben sie.

In Patricks Gewalt

Neiiiiiiin!! Jetzt war dem Volltrottel auch noch etwas runtergefallen, und was auch immer das für ein beschissenes Teil war, es war irgendwo neben ihr unter das Bett gerollt. Bitte, bitte, lieber Gott, mach, dass der Typ zu faul ist, nach diesem blöden Teil zu suchen. Vor lauter Angst schloss Misty die Augen, denn sie bildete sich ein, damit alles Unangenehme ausblenden zu können und heil aus der Nummer herauszukommen.

Aber Gott schien ihre Gebete nicht erhört zu haben. Eine riesige, fleischige Hand fuchtelte ihr auf einmal suchend im Gesicht herum. "Was ist das denn?", hörte sie jetzt das erste Mal Patricks Stimme. Dann zerrte er an ihren Haaren. Man, tat das weh!! "Auaaaaaaaaa!!", schrie sie. "Hör auf!!! Ich komm ja schon freiwillig raus." Sie robbte nach vorne und kam langsam unter dem Bett hervor. Patrick war inzwischen nicht mehr in der Hocke.

Er war aufgestanden und ragte drohend, wie eine Felswand vor ihr auf. Misty setzte sich vor Patrick auf das Bett und sah zu ihm auf. "Wer bist du?" Seine Stimme klang hart, wie die eines Scharfrichters. "Ich bin Misty", antwortete sie knapp. "Was machst du hier?" Seine Fragen hallten durch das Zimmer wie Donner. "Ich gehe dann jetzt mal. Ich will dir nicht noch mehr Zeit klauen", antwortete Misty und stand vom Bett auf.

Patrick ging aber nicht zur Seite, um sie aus dem Zimmer in die Freiheit spazieren zu lassen, sondern blieb vor ihr stehen. Sie war mit ihren 1.58m sehr klein. Er musste über 2 Meter groß sein, denn sie reichte ihm kaum bis zur Brust. Er schubste sie vor sich her und presste sie gegen die Zimmerwand. Jetzt fühlte sie sich erst recht in der Falle. "Du gehst nirgendwohin", bellte er. Er war sehr massig, aber auch muskulös, er erinnerte sie an Strongmen aus dem Fernsehen, die Autos umwarfen, oder Trucks an einem Stahlseil zogen. Er hatte ein ärmelloses Muscle-Shirt an, durch das er seine gewaltigen Oberarme in Szene setzte. "Es tut mir leid ...", fing sie an. "Es interessiert mich nicht, ob es dir leid tut", unterbrach er sie. "Was hast du hier zu suchen???"

Misty überlegte fieberhaft, aber ihr fiel so schnell keine passende Ausrede ein. "Ich wollte ausprobieren, wie es ist, in ein fremdes Haus reinzukommen", wisperte sie. "Du wolltest hier klauen!" "Nein, wirklich nicht, ich möchte meinen Freund überraschen, und demnächst in sein Haus schleichen, so als Geburtstagsüberraschung", log sie dreist. "Und ich hab mir durch Zufall euer Haus ausgesucht, um zu üben, wie das mit dem Reinschleichen so funktioniert." Patrick sah zweifelnd zu ihr herab. "Egal ob das stimmt, dass du hier reingekommen bist, ist eine Straftat."

Misty wehrt sich

Misty saß in der Küche, und trank den Kaffee, den Patrick ihr gemacht hatte. Er nahm sich eine Cola aus dem Kühlschrank, und drehte sich zu ihr um. "Was du gemacht hast, ist nicht ok, das ist gegen das Gesetz, und Strafe muss sein."

Sie trank noch einen Schluck Kaffee, dann räusperte sie sich. "Nein, bitte keine Strafe, keine Polizei, ich mache sowas auch nie wieder, bitte, bitte", bettelte sie. "Wer hat was von Polizei gesagt?", fragte Patrick gespielt unschuldig. Misty war verwirrt. Was war denn jetzt los? Erst faselte er etwas von Strafe, und dann doch keine Polizei, sie verstand nur Bahnhof.

Patrick, der ihr ratloses Gesicht bemerkt haben musste, sagte: "*Ich* werde dich bestrafen." Misty dachte nicht richtig zu hören, sie stand vom Stuhl auf, und ging in Richtung Haustür. In wenigen, riesigen Schritten, was bei seinem massigen Körper sehr erstaunlich war, war er bei ihr, packte sie grob am Arm und schleuderte sie zurück auf den Stuhl. "Ich habe dir doch eben schon gesagt: Du gehst nirgendwohin!!"

Misty bekam jetzt langsam Panik. Patrick trank seine Dose Cola leer, riss sie vom Stuhl und schleifte sie wieder die Treppe nach oben in sein Zimmer, das sie mittlerweile schon zur Genüge kannte. "Ich hab im Moment keine Freundin", fing er an zu erklären. Misty verstand nicht, was das mit ihr zu tun hatte. Aber dass er keine Freundin hatte, wunderte sie nicht besonders. Wer wollte auch schon mit so einem Ekelpaket zusammen sein? "Deshalb muss ich im Moment auf bestimmte Sachen verzichten, du verstehst?" Da Misty nicht verstand, und auch nicht antwortete, erklärte er weiter. "Du wirst mir jetzt als kleine Wiedergutmachung einen blasen, danach kannst du gehen. "Misty war klar, dass sie sich nicht verhört hatte, denn Patrick begann sich seine Jeans auszuziehen.

Nein, das konnte nicht sein, das durfte doch nicht sein, dass der sich von ihr jetzt befriedigen lassen wollte. Was maßte der sich an, nur weil er eine Figur wie King Kong hatte, hieß das doch nicht, dass er sich auch so benehmen konnte, jedenfalls nicht ihr gegenüber. Falls er ihr wirklich sein Ding in den Rachen schieben würde, würde er das bitter bereuen. Sie entschied immer noch selbst, was sie sich in den Mund steckte.

Mit einer seiner bratpfannengroßen Hände hatte er sie im Nacken gepackt, mit der anderen hielt er seinen ziemlich beachtlichen Dödel und ließ ihn wie ein Pendel direkt vor ihren Augen hin und her baumeln. "Ding Dong, Ding Dong", sagte er mit lächelndem Gesicht. Hätte sie nicht so eine beschissene Angst, hätte sie jetzt lauthals loslachen müssen, es wirkte einfach zu lächerlich. "Lass mich los, ich hab da keinen Bock drauf", wisperte sie. "Und du denkst, mich interessiert, auf was du Bock hast?", lachte er und presste ihr Gesicht an seinen Schwanz. "Leg los, Kleine!", befahl er. "Und streng dich an, ich erwarte einiges!"

Misty wollte die Sache beenden, so oder so, deshalb ließ sie es zu, dass er ihr seinen Prügel in den Mund schob. Sie gab sich wirklich Mühe, so wie er es von ihr verlangt hatte, und lutschte, was das Zeug hielt. "Oh ja, ohhhh ja, mach weiter, jaaaaaaa", stöhnte er. Sie lutschte, als wäre es ein leckeres Eis am Stiel, bei 35 Grad im Schatten. Er ließ sich mit ihr aufs Bett gleiten und stöhnte genießerisch. Er schien schon lange nicht mehr so perfekt befriedigt worden zu sein, und fühlte sich wie im Paradies. In diesem Moment biss sie zu.

Sie wusste nicht, wieso sie das getan hatte, ob es ein Reflex war, weil er sie gezwungen hatte. Aber sie wusste eines: sie wollte aus dieser Situation raus, und da er sich vor Schmerzen stöhnend auf dem Bett wandt, war ihre Chance zur Flucht gekommen. Auf dem Weg zur Zimmertür sah sie einen Baseballschläger an der Wand lehnen. Sie nahm ihn und ging mit ihm zurück zu Patrick. Sie ließ den Schläger über seinen erstaunten Augen baumeln "Ding Dong, Ding Dong." Sie schaute streng zu ihm herab: "Glaub mir, dieser Schläger ist hundertmal härter als dein Schwanz, aber dieses mal verschone ich dich noch."

Sie lief mit dem Schläger aus dem Zimmer und hechtete die Treppe hinab, während sie ihn brüllen hörte: "Aber ich werde dich nicht verschonen!" Doch seine Drohung war ihr egal, denn sie war inzwischen aus dem Haus gelaufen und hatte den Baseballschläger ins

Gebüsch geworfen. Sie fühlte sich wieder frei, und hatte das gute Gefühl, dass er ihr nichts mehr anhaben konnte.

Bei Tante Joanne

"**M**isty, Misty, Misty, also was ich hier alles über dich erfahren muss", tadelte Tante Joanne sie mit gespielter Empörung. Misty ging auf die scherzhafte Art ihrer Lieblingstante ein und fragte unschuldig tuend: "Bin ich denn wirklich so schlimm?" "Ne, schlimmer", antwortete Joanne und beide prusteten los vor Lachen. Misty genoss wie immer die gemeinsame Zeit mit Joanne sehr. Mit ihr konnte sie über alles reden. Joanne liebte sie fast wie eine Tochter, egal was sie auch wieder angestellt hatte, und das war in letzter Zeit eine Menge. Joanne goss sich eine Tasse Kaffee ein. Gemeinsam saßen sie auf der Terrasse von Joannes kleinem Häuschen in Malibu.

Sie war begeisterte Surferin und hatte ihr Hobby zum Beruf gemacht, indem sie eine kleine Surfschule betrieb. Je älter sie wurde, desto weniger surfte sie selber, sondern kümmerte sich um alles hinter den Kulissen, und überließ den Unterricht den jungen Surflehrern - und Lehrerinnen. "Jetzt aber mal ganz ernsthaft, mein liebes Mädchen", begann sie. "Du weißt, wie sehr ich die Freiheit liebe, alles das zu tun, was man wirklich will, und dass ich auch dich darin immer unterstützt habe. Aber ich mache mir doch wirklich langsam etwas Sorgen, dass du es übertreibst. Was du mir da von diesem Patrick erzählt hast, sind das ja teilweise wirklich gefährliche Situationen."

Misty versuchte die Geschehnisse herunterzuspielen. "Ach Tantchen, dass du in deinem Alter noch surfst auf dem großen, weiten Ozean, ist bestimmt um einiges gefährlicher als dieses Riesenbaby, mit dem bin ich doch gut fertig geworden." "Misty, bitte pass auf dich auf, ich würde nie damit klarkommen, wenn dir was zustößt.

In einer fremden Schule

Misty war bereit, ihre nächste Stalking-Lektion zu lernen: Stalken in freier Wildbahn. Und risikofreudig wie sie war, hatte sie sich auf Patrick, ihren schwierigsten Fall, eingeschossen. Aber diesmal wäre sie ihm nicht alleine in seinen vier Wänden ausgeliefert. Dieses Mal würde sie ihn in der sicheren Öffentlichkeit stalken, in seiner Schule. Die Spitwater Highschool war ein großes, unübersichtliches Gebäude, dessen beste Tage auch schon etwas länger zurücklagen. Aber solche Äußerlichkeiten waren Misty egal, Hauptsache, es würde jede Menge Abenteuer und Spaß geben. Sie hielt sich während der großen Pause am Rand des Schulhofs auf, und beäugte alle aus dem Gebäude kommenden Schüler genau. Sie brauchte Geduld, nicht gerade eine ihrer größten Stärken.

Doch die Geduld zahlte sich aus, denn da kam das Riesenbaby, aber leider nicht alleine, sondern mit einem Freund. Misty fühlte sich sicher mit ihrer Baseballkappe und Sonnenbrille, so würde er sie nicht erkennen, jedenfalls nicht, wenn sie es nicht wollte. Endlich, er löste sich von seinem Kumpel, und ging in Richtung Toiletten. Sie folgte ihm in die Jungen-Toilette, hier war es ziemlich düster und das schummrige Licht kam ihr zugute. Sie hatte die Haare in die Baseballkappe gesteckt, und durch die Sonnenbrille, die schlichte Jacke und Hose konnte sie in dieser düsteren Atmosphäre als schmächtiger Junge durchgehen. Sie stellte sich an das Waschbecken und wartete auf ihn. Irgendwann musste er ja mit Pinkeln fertig sein, und sich die Hände waschen. Obwohl, diesem Schwein traute sie natürlich zu, großzügig auf das Händewaschen zu verzichten. In diesem Moment musste sie an die Unterhose in seinem Bett und alles andere denken, nicht zuletzt an ihren Biss, sie musste schmunzeln.

Doch da kam er, und stellte sich neben sie an das andere Waschbecken. Er stand neben ihr und guckte von oben auf sie herab. Er sah auf die Baseballkappe, und erkannte sie nicht direkt als Mädchen. "Ey Zwerg", fing er an. "Rück mal dein Geld raus, du hast noch gar nicht deine Toilettennutzungsgebühr bezahlt. Oder du lernst gleich 'ne neue Sportart kennen: Toilettentieftauchen."

Misty war fertig mit Händewaschen und dachte gar nicht daran, darauf zu reagieren, was das Riesenbaby sagte. Sie ging in Richtung Ausgang. Sie spürte, dass er dicht hinter ihr war, und dann legte sich seine Hand wie Beton auf ihre Schulter. Er wirbelte sie zu sich herum, so dass er sie angucken konnte. Bei dieser ruckartigen Aktion war ihr die Baseballkappe vom Kopf gefallen, und ihre langen Haare kamen zum Vorschein. Er nahm ihr die Sonnenbrille ab und ließ diese achtlos auf den Boden fallen. Er legte seinen Finger unter ihr Kinn und schob ihr Gesicht so nach oben, dass sie zu ihm aufsehen musste, und er ihr direkt ins Gesicht sehen konnte. "Du bist es also", sagte er knapp.

Ein Junge kam herein, und als er Misty sah, meinte er: "Das Mädchenklo ist nebenan." Patrick schnauzte ihn an: "Geh vor die Tür und pass auf, dass in den nächsten fünf Minuten keiner reinkommt, sonst mach ich dich kaputt." Der Junge war dermaßen eingeschüchtert, dass er sich wortlos umdrehte, und den Toilettenraum verließ.

"Das war nicht sehr nett von dir, dass du mir in den Schwanz gebissen hast", wendete sich Patrick wieder an Misty. "Das war auch nicht sehr nett, dass du ihn mir überhaupt in den Mund gesteckt hast", konterte sie.

Patrick verschlug es für ein paar Sekunden die Sprache, dann packte er Misty am Arm, und führte sie wie ein unartiges Kind in eine der Toilettenkabinen. Mit einer Hand hielt er Misty immer noch fest, mit der anderen klappte er den Klodeckel nach oben. "Und was wird das jetzt, wenn's fertig ist?", fragte sie genervt. Sie hatte langsam genug und wollte nur noch nach Hause. "Einer von uns geht jetzt mit dem Kopf auf Tauchstation, rate mal wer." Misty sah ungläubig zu Patrick auf. Sie lächelte gequält. "Nein, du willst mich doch jetzt nicht mit dem Gesicht da reinstecken, das kannst du nicht machen, ich bin ein Mädchen." Er schaute sie abschätzig an. "Aber ein Mädchen, dass mir in den Schwanz gebissen und sich dann verpisst hat." Er griff ihr mit seiner Pranke in den Nacken. "Bitte, bitte, mach es nicht", flehte sie. Er hob sie wie ein Brett komplett in die

Luft und tauchte sie mit dem Kopf ins Klo. Ihr Strampeln half nichts, denn er hatte sie fest im Griff, und es gab kein Entkommen. Augen geschlossen halten, Mund zu, befahl sie sich.

Als er mit einer Hand losließ, um die Spülung zu drücken, nutzte sie den Moment, und trat mit einem Bein zu, so fest sie in diesem Moment konnte. Sie hatte ihn mit dem Tritt dermaßen außer Gefecht gesetzt, dass sie sich von ihm befreien und entwischen konnte.

Am Strand

Misty lief am Strand entlang, er war nur zehn Minuten von Joannes Haus entfernt. Joanne hatte vorgeschlagen mitzukommen, aber Misty hatte sie gebeten, in die Stadt zu fahren, um noch ein paar Dinge fürs Abendessen zu besorgen. Misty liebte es, von ihrer Tante bekocht zu werden, denn dann erst fühlte es sich so richtig wie Urlaub für sie an. Außerdem brauchte sie Zeit für sich selbst, nachdem, was alles passiert war, hatte sie das Bedürfnis, zu sich zu kommen und einfach nur abzuschalten. Sie hatte ihre Flip-Flops ausgezogen und lief barfuß durch den Sand.

Nachdem sie einige Zeit so vor sich hergelaufen war, ließ sie sich in den Sand plumpsen. Sie saß im Schneidersitz und schaute hinaus auf das weite, blaue, wunderschöne Meer. Eine tiefe Ruhe durchströmte ihren Körper und sie versuchte, sich nur auf das Hier und Jetzt zu konzentrieren, alle Schwierigkeiten, aller Ärger, und alles, was geschehen war, fiel von ihr ab. Sie schloss die Augen und ging tief in sich hinein, es war eine Übung, die sie sich selbst beigebracht hatte, und die ihr schon oft geholfen hatte, zur Ruhe zu kommen.

Der erste Stoß war zaghaft, der zweite schon etwas energischer, und sie schreckte auf aus ihrer Meditation, und öffnete langsam die Augen. Sie hatte den Kopf gesenkt und sah deshalb als erstes die riesigen Füße, die in riesigen Flip-Flops im Sand genau vor ihr standen. Sowohl Füße als auch Flip-Flops kamen ihr bekannt vor, verdammt bekannt sogar. Langsam glitt ihr Blick an dem Berg, der vor ihr emporragte, hinauf. Patrick schaute neugierig und aufmerksam zu ihr herab. Nein, das wir doch jetzt nur ein Alptraum, das war doch nicht wirklich wahr.

"Hallo", begrüßte Patrick sie gewohnt knapp. Ok, es war doch wahr, Patrick stand wirklich vor ihr und es war kein Tagtraum, sondern bittere Realität. Der Berg setzte sich neben sie und begann zu reden: "Ist echt schön hier, ich sollte öfter hier herkommen ..." "Was willst du hier?", unterbrach Misty ihn abrupt. "Willst du mich jetzt komplett fertigmachen und mich im Meer ersäufen?" "Ich wollte dich fragen, ob du mich als, ähm, Tanzpartnerin zum Sommerball begleiten würdest." Misty traute mal wieder ihren Ohren nicht. Das konnte doch nur ein ganz schlechter Scherz sein. "Sag mal, willst du mich verarschen? Du spülst mich fast im Klo runter, versetzt mich in absolute Panik und fragst mich jetzt, ob ich deine Ballkönigin sein möchte?" "Tanzpartnerin", verbesserte er sie. "Nicht Ballkönigin, die Ballkönigin ist ja meist eine von den Chearleaderinnen, und bei denen machst du ja wohl nicht mit." Misty platzte der Kragen. "Du weißt ganz genau, was ich meine!"

Misty war gegangen, und hatte Patrick am Strand zurückgelassen. Sie wurde aus ihm nicht schlau, erst versetzte er sie in Angst und Schrecken, dann fragte er sie wegen des Sommerballs. Ob er überhaupt tanzen konnte? Sie stellte sich das wie bei so einem tapsigen Tanzbären im Zirkus vor. Wenigstens hatte er sie gehenlassen und war auch ziemlich friedlich gewesen. Als sie aufgestanden und gegangen war, hatte er sogar etwas traurig gewirkt. Aber die Aktion in der Toilette war einfach zu heftig gewesen. Vielleicht hätte sie ihn ja auch nicht direkt in den Schwanz beißen müssen. Naja, was geschehen war, war geschehen, da ließ sich jetzt auch nichts mehr dran ändern. Sie kam am Durchgang an, der Strand und Straße miteinander verband, hier war ein Parkplatz und ein kleiner Kiosk. Sie hatte Lust auf ein Eis und trat an die Theke.

Der Besitzer des Kiosks schien sehr beschäftigt, doch jetzt wendete er sich Misty zu: "Hallo, du bist meine letzte Kundin für heute. Was kann ich für dich tun?" Misty überlegte nicht lange: "Einmal salziges Karamell und eine Kugel Schlumpfeis bitte." Der Verkäufer musste schmunzeln. Wahrscheinlich wegen des Schlumpfeises, aber das war Misty egal, für manche Dinge war man nie zu alt. Sie bezahlte und ging zum Parkplatz. Sie ging zum anderen Ende des Parkplatzes, da dort eine Bank war. Sie setzte sich und genoss ihr Eis. Das hatte sie sich nach der überraschenden Begegnung mit Patrick verdient.

Sie sah, wie der Kiosk-Betreiber sein Büdchen verließ, zu seinem Auto ging und wegfuhr. Jetzt war sie allein, doch aus

Richtung Strand kamen zwei Jugendliche angeschlendert. Misty achtete nicht weiter auf sie, schleckte genüsslich an ihrem Eis, und checkte auf dem I-Phone ihre Mails.

Patrick, der Retter

Die Stimmen der zwei Jungen wurden jetzt lauter, sie schienen näherzukommen, und Misty sah von ihrem Handy auf. Was war denn jetzt los? Wieso steuerten die beiden genau auf sie zu, sie kannte keinen von ihnen. Sie waren bei ihr angekommen. "Hey, Mädchen, so ganz alleine hier?", fing der eine an. Der andere zog sie von der Bank und schlug ihr das Eishörnchen aus der Hand. Ihr leckeres Schlumpfeis lag auf dem Boden, aber das war bestimmt gerade ihr kleinstes Problem. Was hatten die beiden Vollpfosten vor? "Rück deine Kohle raus, mach schon." "Haut ab, sonst ..." ,versuchte sie zu drohen. "Sonst was??" Die beiden Jungs lachten. Der kleinere, der aussah, als wäre er der böse Zwillingsbruder von Harry Potter, hielt sie fest. Der andere zog ihr das Portemonnaie aus der Tasche. Am anderen Ende des Parkplatzes sah sie, wie jemand sich näherte, es war Patrick. Es war das erste Mal, dass sie froh war, ihn zu sehen, denn wie er sich am Strand verhalten hatte, konnte er ja auch ganz nett sein.

Patrick war bei den dreien angekommen. "Lasst sie in Ruhe!", rief er im Befehlston. Er verpasste dem Harry Potter für Arme einen gewaltigen Arschtritt. Den anderen zog er von Misty weg, als wäre er nur ein kleines Kind. Die beiden hatten wohl ziemlich große Angst vor dem Riesen Patrick, denn sie trollten sich davon und verschwanden in Richtung Straße. Misty war sehr erschöpft von der Rangelei und der nervlichen Anspannung.

Sie lehnte sich gegen Patrick, der sich nicht gerade dagegen wehrte und seine Arme um sie legte. Es war einfach alles zu viel für sie. Während sie mit dem Kopf an Patricks Brust lehnte, begann sie zu schluchzen. Er versuchte, sie zu beruhigen: "Es ist doch gut, sie sind ja weg." Sie hatte sich jetzt lange genug schutzsuchend an Patrick gedrückt, denn sie waren ja alles andere als ein Liebespaar. Sie schaute zu ihm hoch. "Du hast was gut bei mir, und ich werde dich deshalb zum Schulball begleiten." Ein dickes Grinsen legte sich in sein Gesicht, so hatte sie ihn noch nie gesehen.

"Warum hast du eigentlich noch kein anderes Mädchen als Begleitung gefunden?", fragte sie ihn, und guckte ihn neugierig an. Das Grinsen verschwand so schnell wie es gekommen war. Sie bohrte weiter. "Solche Football-Badboys wie du sind doch eigentlich ziemlich begehrt." "Ich war vielleicht manchmal zu sehr Badboy, ich hab ein oder zwei Fehler gemacht, das weiß an meiner Schule jeder, deshalb stehe ich in der Beliebtheitsskala im Moment nicht gerade ganz oben." "Und was waren das für Fehler?" Sie wollte so schnell nicht lockerlassen. "Das erzähl ich dir später mal, wenn ich dir bewiesen habe, dass ich auch nett sein kann."

"Ok, akzeptiert", kam Misty ihm entgegen, denn nachdem er sie so toll gerettet hatte, wollte sie nicht zu penetrant sein. "Meine Tante wartet mit dem Abendessen auf mich, ich melde mich später bei dir." Sie verschwand in den kleinen Weg, der zu den Häusern oberhalb der Klippen führte, wo auch Joannes Haus lag.

"Da bist du ja, wo hast du denn so lange gesteckt?" Joanne sah sie fragend an. Misty setzte sich zu ihr auf die Terrasse. Sie goss sich einen Eistee ein, und begann zu erzählen: "Ich war am Strand. Und dann tauchte auf einmal Patrick auf." Joanne unterbrach sie: "Der Junge, bei dem du zu Hause warst, und mit dem du den ganzen Ärger hattest?!" Misty erzählte ihrer Tante alles, und kam kaum zum Essen. Dabei hatte sich Joanne viel Mühe gegeben. Es gab eine von Mistys Lieblingsspeisen: Chickenwings mit Kartoffelbrei. Misty hatte keine Lust, Joanne noch mehr zu erzählen und schaufelte stattdessen Chickenwings und Kartoffelbrei wie ein Mähdrescher in sich hinein.

Von der Terrasse hatte man einen traumhaften Blick aufs Meer, sogar im Sitzen. Den Blick aufs Meer von der Terrasse aus zu genießen, hatte den Vorteil, dass weder Patrick noch die Vollidioten vom Strand noch sonst irgendwer plötzlich vor ihr auftauchen konnte. Hier hatte sie ihre Ruhe, bei Joanne auf der Terrasse fühlte sie sich geborgen und in Sicherheit. "Ich mach uns zum Nachtisch noch einen Cappuccino", sagte Joanne und verließ den Tisch. Misty schaute hinaus aufs Meer und dachte über ihre weiteren Pläne nach.

Im Fitnessstudio

Misty war Brian bis zum Fitnessstudio gefolgt, hier trainierte er also, es war eine Filiale der Fitness-Kette Fitness Freaks. Sie betrat den Eingangsbereich und ging an den Tresen heran. Es war niemand da, aber durch ein Glasfenster sah sie, dass im Büro jemand war. Sie drückte die kleine Klingel, die auf dem Tresen stand. Nach einer gefühlten Ewigkeit erschien endlich eine junge Frau in einem Jogginganzug. "Hallo, könnte ich eine Probemitgliedschaft haben?", fragte Misty übereifrig, bevor die Frau irgendetwas sagen konnte. Misty konnte es einfach nicht abwarten, Brian zu beobachten, er war einfach zu süß.

Da war er, er lief auf einem Laufband, und wärmte sich auf. Weil Misty kein freies Laufband in seiner Nähe fand, drückte sie sich einige Zeit am Getränkeautomaten herum. Dann wurde eins frei, Misty lief drauf zu, doch eine Rentnerin mit einem hässlichen Stirnband um den Kopf geschnallt, war auch drauf und dran das Laufband zu betreten. Misty drängte sich energisch an ihr vorbei. "Sorry, ich warte hier schon ewig." Die Rentnerin schüttelte den Kopf. "Unglaublich diese Jugend." Doch Gott sei dank verzog sie sich.

Misty stieg endlich aufs Laufband und konnte jetzt ungestört ihren Traumprinzen beobachten. Wie männlich und elegant es aussah, wie er sich da bewegte. Was war das denn? Warum stand denn jetzt dieser dicke Junge genau vor ihr? "Ey, du." Er reagierte nicht, sondern quatschte weiter mit einer Frau mittleren Alters, die auch auf einem Laufband unterwegs war. Das gibt es jetzt nicht. Der Affe versperrte ihr die Sicht auf Brian, quatschte dämliches Zeug, anstatt zu trainieren und was gegen seine überflüssigen Pfunde zu tun, was er dringend nötig gehabt hätte. Sie drückte die Stopp-Taste des Laufbandes, es wurde langsamer, sie sprang ab und ging zu dem Moppelchen hinüber. "Du versperrst mir die Sicht. Geh bitte in die Sitzecke am Getränkeautomaten, da kann man sich unterhalten. Hier wird trainiert." Der Junge war verdutzt, guckte sie nur an. Dann hatte er sich wohl vom ersten Schock erholt. "Ich darf hier stehen und mich unterhalten. Mach dich mal locker, Mädchen."

Doch Misty war nicht mehr bei der Sache. Sie hatte bemerkt, dass Brian das Laufband in der Zwischenzeit verlassen hatte. Es war leer. "Ist jetzt auch egal", antwortete sie dem Jungen knapp, und ließ ihn stehen. Jetzt hieß es erstmal wieder Brian suchen. Auf der Suche nach ihm kam sie am Getränkeautomaten vorbei. Ja, eine Pause könnte ihr jetzt ganz guttun, das hatte sie sich auch verdient, nach dem Ärger mit dem Dicken. Es gab viele verschiedene Getränke, Wasser, isotonische Getränke, Apfelschorle und Cola. Cola??? In 'nem Fitness Studio???? Umso besser, ein Gesundheitsapostel war sie eh nicht. Außerdem konnte sie trinken und essen, was sie wollte, sie nahm nicht zu, blieb der dünne Hering, der sie schon immer war, eben gute Gene.

Da sie ihn nirgendwo entdecken konnte, wollte sie es im Umkleideraum versuchen. Der Umkleideraum der Männer war in der ersten Etage. Das wusste sie genau, weil sie ihn sich schon einmal angesehen hatte. Weil ihr damals keine passende Begründung eingefallen war, war sie beim ersten Durchstöbern direkt von einem Clubmitglied rausgeworfen worden. Das würde ihr aber bestimmt kein zweites Mal passieren. Mit erhobenem Kopf betrat sie den Umkleideraum. Weil ein paar Männer sie irritiert ansahen, sagte sie: "Ich suche nur meinen Freund, bin gleich wieder weg."

Am anderen Ende des Raumes sah sie Brian in seinem Spind herumkramen, vollkommen nackt. Sie führte innerlich einen Freudentanz auf: Heute musste ihr Glückstag sein.

Seine Nacktphase war allerdings auch schnell wieder vorbei, denn er wickelte sich ein Handtuch um die Hüfte, und ging in Richtung Dusche. Obwohl sein nackter Körper sie extrem abgelenkt hatte, war ihr nicht entgangen, dass er seinen Spind nicht abgeschlossen hatte. Sie trat vor den Spind, und sah sich um. Im Moment hielt sich niemand hier in dieser Ecke des weitläufigen Umkleideraums auf. Der Spind war sehr geräumig, und sie sehr klein, aus einem irren Impuls heraus schlüpfte sie hinein. Und wieder hatte sie dieses unglaublich tolle Gefühl, ihm wieder ganz nah zu sein, alleine deswegen, weil sie hier inmitten seiner Klamotten herumstöbern konnte, auch wenn sie teilweise etwas verschwitzt waren. Aber sogar seinen Schweiß fand sie sexy. Sie hielt ein T-Shirt von ihm vor ihr Gesicht, in diesem Moment wurde die Spindtür geschlossen, und kurze Zeit später hörte sie ein Klicken.

Das Klicken war doch hoffentlich nicht ein zugeschnapptes Vorhängeschloss? Sie versuchte die Tür aufzudrücken, vergeblich. Es war also doch das Zuschnappen eines Schlosses gewesen, sie war in einem winzigen Spind eingesperrt, so eine Scheiße!

Was sollte sie jetzt tun? Und vor allem, was könnte im schlimmsten Fall passieren? Wenn jetzt ein Feuer ausbrechen würde, und Patrick mit den anderen nur mit seinem Handtuch bekleidet rausrennen würde, ohne nochmal an den Spind zu gehen, würde sie elendig verbrennen! Aber wie wahrscheinlich war es, dass ausgerechnet jetzt ein Feuer ausbrechen würde? Sie beschloss, noch kurze Zeit abzuwarten, bis sie auf sich aufmerksam machen würde.

Für den Fall, dass kein Feuer ausbrechen würde, und er ganz normal den Spind öffnete, zog sie sich sein Shirt über den Kopf, und ließ nur einen Schlitz vor den Augen offen, damit sie sehen konnte. So würde sie versuchen, unerkannt rauszulaufen.

Während sie sich ausmalte, was noch alles passieren könnte, hörte sie auf einmal ein Klappern außen an der Spindtür, und dann wurde die Tür auch schon geöffnet. Der Ausblick war nicht schlecht. Sie sah an Brians Beinen empor bis zu seinem Schritt, mehr ließ dieser Blickwinkel nicht zu. Doch leider konnte sie diesen schönen Anblick nicht lange genießen, denn ihr war klar, wenn sie jetzt noch weiter hier hockenblieb, würde er sie schnappen, und es würde sehr peinlich werden. Deshalb krabbelte sie mit dem T-Shirt über dem Kopf hinaus.

Als sie sich aufrappelte, rempelte sie kurz gegen ihn und rannte dann zur Tür der Umkleide, die zum Glück offenstand. Er musste wohl vor Überraschung wie erstarrt gewesen sein, sonst hätte er sie sicher längst eingeholt. "Hey, was geht denn bei dir ab?", fragte jemand, an dem sie vorbeilief. Erst jetzt fiel ihr auf, dass sie besser das T-Shirt vom Gesicht nehmen sollte, um nicht zu sehr aufzufallen. Außerdem war sie ja schon weit genug von Brian entfernt. Sie nahm das T-Shirt vom Kopf und verließ unter den erstaunten Blicken einiger Studiomitglieder das Gebäude. Trotz der Peinlichkeit war sie glücklich, denn mit dem T-Shirt hatte sie eine tolle Trophäe.

Zurück in Patricks Zimmer

Misty kuschelte sich in Patricks Bett. Diesmal fühlte sie sich auch gar nicht mehr wie ein Eindringling, so wie beim letzten Mal. Es war einfach herrlich, es war irgendwie vertraut. Sie hatte sich wieder durch das Kellerfenster ins Haus begeben und war schnurstracks in sein Zimmer gegangen.

Sie fühlte sich wie seine kleine Schwester, denn sie hatte keine Geschwister, hatte sich immer alleine durchschlagen müssen. War Patrick so eine Art Ersatz für einen großen Bruder? Er benahm sich auf jeden Fall irgendwie ihr gegenüber wie ein großer Bruder: Mal verpasste er ihr eine Abreibung, die sich gewaschen hatte, mal beschützte er sie und haute sie aus einer gefährlichen Situation heraus. Sie schaute unweigerlich auf seinen Schreibtisch, sein Tagebuch war nicht mehr da, konnte sie aber verstehen, an seiner Stelle hätte sie es auch weit weggeräumt. Dafür fand sie eine Big-Mac-Schachtel. Und es war sogar noch ein halber Big Mac drin, sie hatte Hunger und verdrückte ihn genüsslich.

Sie kam sich wie eine kleine Ratte vor, die sich von Essensabfällen ernährte. Schöne Vorstellung, sie kämpfte sich durchs Leben wie eine Ratte durch die Kanalisation, niemand konnte was gegen sie unternehmen, sie würde alles meistern und immer durchkommen: Misty, die kleine Kanalratte, sie musste grinsen bei dieser Vorstellung. Sie schreckte aus ihren Gedanken auf, als sie die Haustür hörte, jemand war gekommen.

Aber sie hatte gar nicht mehr das Bedürfnis, sich zu verstecken, sie gehörte ja fast schon zu Patrick und zu diesem Haus, deshalb war sie dieses Mal um einiges entspannter als bei ihrem ersten Besuch. Sie starrte auf die Tür, jeden Moment würde er reinkommen. Die Minuten vergingen, aber Patrick kam nicht, und sonst auch niemand. Sie rappelte sich aus dem Bett hoch, was ihr nicht gerade leichtfiel, da es so schön gemütlich war.

Sie ging nach unten, und erwartete, Patrick in der Küche zu treffen, wie er sich über den Kühlschrank hermachte, oder im Wohnzimmer abhing. Aber es war nicht Patrick, es war eine Frau in den Dreißigern, die seelenruhig in der Küche Staub wischte. Sie war so vertieft in ihre Tätigkeit, dass Sie Mistys Anwesenheit gar nicht bemerkt hatte. Außerdem sang sie vor sich hin, und hatte damit ihr Herankommen übertönt.

"Hallo", sagte Misty unvermittelt zur Begrüßung, die Frau zuckte zusammen und drehte sich zu ihr um. Mit verschrecktem Gesicht starrte sie Misty an und fragte, nachdem sie sich etwas gefasst hatte: "Bist du Patricks Freundin?" Sie war doch nicht seine Freundin, aber was war sie dann? Eine Bekannte? Ein Kumpel? Sie wusste nur, was sie ursprünglich war: ein Eindringling, eine Art Einbrecherin, aber als das fühlte sie sich nicht mehr. "Ich bin nur eine Freundin von ihm, ich heiße Misty", versuchte sie leichthin zu erklären. Wenn sie gesagt hätte, dass sie ihn eigentlich bis jetzt nur flüchtig kannte, hätte die Frau zurecht gefragt, was sie dann eigentlich bei ihm zu Hause verloren hatte, gerade weil er selbst ja gar nicht da war.

Das Gesicht der Frau hellte sich auf, sie streckte ihr die Hand entgegen. "Freut mich, dich kennenzulernen, ich bin Valeska, die Putzfrau."

Gerade als die beiden Frauen sich kennengelernt hatten, öffnete sich die Tür, und Patrick kam hereingestampft. Er schien gar nicht besonders überrascht zu sein, Misty wieder bei sich Zuhause zu sehen. "Dann haben sich meine beiden Mädels ja schon kennengelernt", freute er sich, stellte sich zwischen sie und drückte sie beide an sich. Ihr blieb die Luft weg, da er scheinbar nicht wusste, wohin mit seiner überschüssigen Kraft. "Hey", meldete sie sich. "Du musst mich ja nicht direkt zerdrücken." Er lachte und ließ locker. "Lass uns mal nach oben gehen." "Wieso, da habe ich doch schon geputzt", widersprach Valeska. "Nicht du, sie meine ich." Er packte Misty schmunzelnd an der Schulter, und schob sie in Richtung Treppe.

Misty lauerte wie so oft vor Brians Haus. Sie wusste schon, dass er heute Footballtraining hatte, sie wusste nur nicht wo, deshalb gab es keine andere Möglichkeit, als ihn von zu Hause zu seinem

Training zu verfolgen.

Gemütlich war die harte Holzbank nicht gerade, auf der sie saß, um Brians Haustür zu beobachten. Aber von hier aus hatte sie wenigstens einen guten Blick auf das Objekt ihrer Begierde, wenn er doch nur mal endlich rauskommen würde. Die Bank, auf der sie saß, befand sich vor einem Haus, das schräg gegenüber von Patricks Haus gelegen war. Plötzlich öffnete sich die Haustür, eine alte Frau kam heraus und schaute sie vorwurfsvoll an. "Mädchen, kann ich bitte mal erfahren, was du auf meiner Bank zu suchen hast?"

Misty hatte sich schon eine Ausrede zurechtgelegt. "Ich bin mit dem Fuß umgeknickt, bitte lassen Sie mich hier noch etwas sitzen." Mit weinerlicher Stimme fügte sie noch an: "Es tut so unglaublich weh." Sie musste den richtigen Knopf bei der Alten gedrückt haben, denn die guckte sie mit einem Mal ganz mitleidig an. "Ach, das tut mir leid, ich bringe dir eine selbstgemachte Limonade raus, als kleines Trostpflaster." "Das ist ja nett", antwortete Misty brav. Die alte Frau verschwand im Haus.

Nach einer Weile kam sie wieder heraus, mit einem vollgepackten Tablett in der Hand. "Ich habe hier die Limonade für dich, und ein paar Kekse." Sie stand genau vor Misty, und beinahe hätte sie verpasst, wie Brian aus dem Haus kam. Umständlich versuchte die Frau, das Tablett abzustellen. Misty bekam Angst Brian aus dem Auge zu verlieren, da er zügigen Schrittes die Straße hinablief. Sie sprang auf. "Aus dem Weg." Sie stieß die

Frau beiseite, um sich schnell an Brians Fersen heften zu können. Die Frau war mit ihrem Tablett in die Büsche neben der Haustür gefallen, so heftig hatte sie sie im Eifer des Gefechts gestoßen. Misty hörte noch das Schimpfen und Jammern der Frau hinter sich. "Aua, aua, was ist denn jetzt los? Aua, mein Kopf. Du missratene Göre!" Misty war jedoch nur noch auf Brian fixiert und kümmerte sich nicht weiter um das Gekeife.

Sie hielt sich ein ganzes Stück hinter ihm, denn sie wollte um jeden Preis verhindern, dass er sie entdeckte. An einer Kreuzung sah er einmal in ihre Richtung, doch sie tat so, als würde sie mit ihrem Handy telefonieren. Er hatte nichts bemerkt und betrat schon bald darauf das Gelände einer Sportanlage. Mist, verdammt, warum war er denn jetzt so schnell verschwunden? Aber da es ja eine begrenzte Sportanlage war, würde sie ihn schon finden. Sie trug eine blonde Perücke und eine Nerd-Brille. Als sie jetzt auch die Sportanlage betreten hatte, sah sie, wie er ein flaches Gebäude betrat. Als sie am Eingang des Gebäudes angekommen war, entdeckte sie neben der Tür ein Schild mit der Aufschrift "Umkleide".

Sie betrat den Flachbau, und sah vom Flur aus in einen Raum, in dem Putzmaterialien aufbewahrt wurden. Sie betrat die Kammer, und nahm sich einen Aufnehmer mit Putztuch und Eimer. Sie wollte den Raum gerade verlassen, als sie an einem Haken einen Kittel hängen sah. Sie zog ihn an, und lief mit den Putzutensilien den Flur entlang. Aus einem Raum waren einige Stimmen zu hören, und sie war sich sicher, dass das die Umkleide sein musste. Sie betrat den Raum, und sah einige halbnackte Footballspieler, die sich umzogen. Sie fühlte sich, als wäre sie im Paradies angekommen.

Zügig begann sie zu putzen, oder eher so zu tun, als würde sie saubermachen. Sie wischte etwas auf dem Boden herum, machte dann einen Fleck an der Wand weg, ganz nah bei Brian. Ein Junge, der sich seine Strümpfe auszog, schaute sich Misty neugierig an. "Bist du neu hier?" "Ja", antwortete sie. "Ich bin ganz neu beim Putzservice, aber auch nur ganz selten hier eingeteilt."

Ein großer, massiger Junge zog sie am Handgelenk zu sich herüber. Er sah sehr jung aus, nicht so wie die anderen, die alle um die siebzehn sein mussten. "Ich hab Cola verschüttet", sagte er in rauem Ton zu ihr. "Putz das weg!" Sie war sauer, dass er so mit ihr umging, aber war auch froh, dass ein Kontakt und Gespräch entstanden war, auch wenn es ein Streitgespräch werden würde. So hätte sie eine Chance, mit Brian Kontakt aufzubauen, und das war alles, was sie wollte. "Ich putze hier, aber ich bin nicht deine Sklavin! Wenn du zu blöd zum Trinken bist, wisch die Pfütze selber weg", provozierte sie den Jungen mit der großen Klappe. Das schien gesessen zu haben, denn sein Kopf lief rot an, er packte sie, und drückte sie auf den Boden. "Mach jetzt deinen Job, du kleine Putzschlampe!"

Misty drehte ihren Kopf zu Brian, der sich das Geschehen bisher schweigend angesehen hatte. "Bitte hilf mir", jammerte

Misty, die von dem Jungen immer noch zu Boden gedrückt wurde. Brian hielt sie wohl wirklich für eine Mitarbeiterin des Putzservices und hatte sie nicht erkannt. Er trat an sie heran und wendete sich dem Jungen zu. "Toby!", sagte er in strengem Ton. "Du bist mit deinen vierzehn Jahren den meisten erwachsenen Männern körperlich überlegen, aber dein Verhalten hier zeigt, dass dein Hirn auf der Stufe eines Dreijährigen ist."

Toby hatte sie inzwischen losgelassen und schaute angriffslustig Brian an. "Warum sollte ich höflich zu einer Putzfrau sein? Ich bin mit meinen vierzehn Jahren so gut, dass ich bei Siebzehnjährigen mitspiele. Ich werde im Football ganz oben sein." Er schubste Brian. "Und du Loser hast mir gar nichts zu sagen, du langweiliger Durchschnittsspieler!" Die beiden standen voreinander und stritten sich, während sie noch zwischen ihnen auf dem Boden kniete. Sie stand auf, und fühlte sich wie zwischen zwei Dampfwalzen, denn sie reichte beiden nur bis zur Brust und hatte keine Lust, von ihnen zerquetscht zu werden.

Sie wollte aber auch nicht, dass Brian etwas passierte, und alles nur wegen so einem überheblichen Babyface. Die beiden rempelten sich an und schubsten sich gegenseitig so, als hätten sie ganz vergessen, dass Misty noch zwischen ihnen war. "Auseinander!", schrie sie und versuchte, Brian wegzudrücken. Obwohl es eine komische, blöde Situation war, genoss sie es wenigstens auf diese Weise,

Körperkontakt zu ihm zu haben.

Die beiden ließen aber nicht voneinander ab, und Misty packte wie aus einem Reflex heraus Tobys Trainingshose und zog sie mitsamt seiner Boxershorts mit einem Ruck herunter. Zum Vorschein kam ein winzigkleiner Schwanz. Bei den anderen Footballspielern, die noch in der Umkleidekabine waren, brach Gelächter aus. "Du blöde Schlampe!", schrie Tobi, zog sich umständlich die Hose hoch, und lief hinaus auf den Flur.

Die anderen Jungs verließen auch nach und nach die Umkleide. "Ich möchte mich bei dir bedanken." Misty schaute Brian lächelnd an. "Ach", meinte er nur. "Ist doch wohl selbstverständlich."

Nachdem jetzt alle weg waren, trat sie jetzt auch hinaus auf den Flur. Sie ging in Richtung Ausgang, als Toby aus der Putzkammer hervortrat und sich ihr in den Weg stellte. "Ich muss jetzt gehen", meinte sie nur, und wollte sich an ihm vorbeidrücken, was aber unmöglich war, da er sich mit seinem wuchtigen Körper mitten in den schmalen Gang gestellt hatte.

"Nicht so schnell", sagte er, und machte sich scheinbar noch breiter, als er sowieso schon war. "Was willst du von mir?" Sie hatte jetzt doch langsam etwas Angst. Er schaute mit einem düsteren Ausdruck in den Augen zu ihr hinab. "Du hast mich vor meinen Teamkollegen total blamiert." "Na und?", meinte sie nur. "Bist du doch selber schuld, wenn du dich so blöd benimmst." Toby wurde immer ungehaltener. "Für die Blamage wirst du bezahlen!" "Hab glaube ich nicht viel mehr als fünf Dollar dabei, sieht also schlecht aus mit Bezahlen." Sie fing an zu lachen. Er packte sie , drehte sie um, und presste sie an sich. "Gleich lachst du nicht mehr!"

Misty geriet in Panik, als seine Hand über ihren Körper streifte und sie überall begrapschte. "Hör auf damit, du weißt ja gar nicht was du da tust", keuchte Misty. "Du bist ein vierzehnjähriges Kind." "Na und? Wen interessiert das?", schnaufte er und hob sie hoch. Sie zappelte in seinem eisenharten Klammergriff, und wusste, dass sie in großen Schwierigkeiten war.

Er trug sie zurück in die Umkleide und legte sie auf eine der Bänke. Sie schrie wie am Spieß, verstummte aber dann, weil er ihr seine Pranke auf den Mund presste. Er legte sich auf sie, und es fühlte sich für sie an, als würde sie zerquetscht. Dann verlagerte er sein Gewicht etwas, aber nur, um ihr die Hose zu öffnen und sie herunterzuziehen. "Jetzt zieh ich dir mal die Hose runter", keuchte er. "Findest du das auch so geil wie ich?" In so einer schrecklichen Situation war sie noch nie und hätte nie erwartet, sich jemals so ausgeliefert zu fühlen. Sie strampelte, um freizukommen, hatte aber gegen diesen vierzehnjährigen Koloss keine Chance, als sie auf einmal Stimmen hörte.

"Hey!!", hörte sie jemanden schreien. "Was geht denn hier für 'ne Scheiße ab?" Dann konnte sie wieder atmen, da der Koloss von ihr runterging, oder runtergezogen wurde. Sie ließ sich von der Bank auf den Boden gleiten, und fing an zu heulen. Wie durch einen Schleier bekam sie mit, dass Brian und ein anderer Junge Toby gegen die Wand drängten, und ihn so wohl ruhigstellen wollten.

Brian hatte sich neben sie gekniet, und legte tröstend einen Arm um sie. "Zum Glück hatten wir was vergessen und mussten nochmal zurückkommen." Misty heulte noch immer, und nutzte die Gelegenheit, sich an Brian zu lehnen. Und ihr wurde klar, dass die widerliche Aktion von Toby wenigstens den positiven Nebeneffekt hatte, wieder Körperkontakt zu Brian zu bekommen.

Das Training lief trotz des Zwischenfalls ganz normal ab, Misty hatte sich unten auf die Zuschauertribüne gesetzt und schaute zu. Nach der ganzen Aufregung merkte sie aber, dass sie etwas Nervennahrung brauchte. Sie ging zu einem Nebengebäude, wo ein Getränke- und Süßigkeitenautomat stand. Sie guckte sich das Angebot an und entschied sich für einen Kaffee und einen Schokoriegel. Sie warf Geld ein und drückte die Nummer zwölf für den Riegel, es kam jedoch nichts raus. Sie schlug wütend gegen den Automaten. "Langsam, langsam", hörte sie eine freundliche Stimme hinter sich, und drehte sich um.

Ein sympathisch wirkendes Mädchen stand da, und sah sie schmunzelnd an. "Ich hatte auch schon genug Probleme mit diesem blöden Automaten." Sie trat dichter heran und drückte einen Knopf, den Misty gar nicht beachtet hatte. Die Hilfe des Mädchens hatte Erfolg, denn das Geld kam herausgepurzelt.

"Ich bin übrigens Melody", stellte sich das Mädchen vor. "Ich bin Misty." "Schön dich kennenzulernen. Ich bin mit einem der Spieler zusammen. Du auch?" "Nein", antwortete Misty ausnahmsweise wahrheitsgemäß. "Noch nicht." Melody lachte. "Auf wen hast du es denn abgesehen?" Misty zögerte, denn sie wusste nicht, wie viel sie diesem Mädchen anvertrauen sollte, so nett sie auch war. Aber was sollte schon passieren. "Brian", gab sie knapp als Antwort.

"Du hast einen guten Geschmack", sagte Melody. "Aber der hat momentan eine Freundin, soweit ich weiß, ist es eine von den Cheerleaderinnen." Das war nichts Neues für sie, dass Brian eine Freundin hatte, aber das könnte sich ja auch eines Tages ändern, und solange würde ihr bestimmt immer wieder etwas Neues einfallen, um in seiner Nähe zu sein. "Hättest du Lust morgen Abend zu meiner Geburtstagsparty zu kommen?"

Mit dieser überraschenden Einladung riss Melody Misty aus ihren Gedanken. "Es kommen auch viele aus dem Footballteam." "Ja, gerne." Misty willigte sofort ein, denn diese Gelegenheit wollte sie sich nicht entgehen lassen. Bestimmt würde Brian auch kommen, das hoffte sie jedenfalls. "Warte", sagte Melody. "Ich schreib dir meine Adresse auf." Sie kritzelte die Adresse auf einen kleinen Zettel, den Misty nur zu gerne entgegennahm. Die beiden verabschiedeten sich, und Misty überlegte schon, was sie auf dieser Party alles anstellen könnte.

Am nächsten Abend fuhr Misty zu Melody. Es war ein ansehnliches Einfamilienhaus in einem Stadtteil im nördlichen Teil von Los Angeles. Vor dem Haus standen schon ein paar Leute, unter ihnen auch Toby. Was macht dieses Arschloch denn hier, dachte sie und versuchte, an ihm vorbei zur Haustür zu kommen.

Doch er hatte sie auch entdeckt und trat ihr wieder in den Weg, anscheinend seine Spezialität. "Ich muss mit dir reden ", sagte er und hielt sie am Handgelenk fest. "Ich hab keine Lust, mit dir zu reden", erwiderte sie kurz angebunden. "Bitte sag nichts meinen Eltern davon, was ich in der Umkleide gemacht habe, ich kriege sonst richtigen Ärger", bettelte er auf einmal.

Sie wurde hellhörig, denn das war doch etwas, was sie zu ihrem Vorteil nutzen konnte. "Wenn du ab jetzt das machst, was ich möchte, dann werde ich deinen Eltern nicht sagen, dass du mich fast vergewaltigt hättest", kam sie ihm entgegen. "Ist ok, was soll ich denn als erstes machen?", fragte er treudoof. "Schlag mir eine Schneise durch die Meute, dass ich am schnellsten zum Essen durchkomme." Sie lachte. Aber Toby nahm seinen Auftrag ernst, legte seinen Arm um sie und drängte ein paar Teenager beiseite, um Misty ins Haus zu führen.

"Hol mir was vom Buffet, ich hab Hunger", befahl sie ihm kurz darauf. "Und dann such Brian für mich." Toby ging ans Buffet, und sie schaute sich nach Brian um, aber der war leider noch nicht da. Ihr neuer Diener kam mit einem vollbeladenen Teller zurück, und sie war froh, sich stärken zu können, denn es könnte ein langer Abend werden, wenn Brian erst spät hier auftauchen würde. Sie hatte sich vorgenommen, solange auf der Party zu bleiben, bis er auch da war. "Kann ich mir jetzt auch was zu essen holen?", maulte Toby. "Ja, geh", antwortete sie, denn sie wollte ihn erst einmal loswerden, um selbst in aller Ruhe nach Brian Ausschau halten zu können.

Bei Mrs. Ernesto

Patrick und Misty saßen zusammen in einem Café. Patrick klopfte mit einem Löffel gegen seine Kaffeetasse. Misty schaute ihn belustigt an. "Willst du eine Rede halten?" "Nein", antwortete Patrick schmunzelnd. "Ich will dir einfach nur was erzählen." "Dann schieß mal los, ich bin ganz Ohr." "Ich hab ein Bewerbungsgespräch bei einer reichen, alten Frau." Misty lachte. "Du willst also als Callboy arbeiten!?" Patrick wurde langsam sauer. "Nein, jetzt nimm mich doch mal ernst." Der Kellner kam in diesem Moment. "Zweimal Kirschkuchen, lasst es euch schmecken." Er stellte die Teller mit dem Kuchen vor den beiden ab und entfernte sich wieder. "Ok", sagte Misty jetzt ernsthafter. "Was ist das für ein Job?" "Also", begann er erneut zu erklären. "Es ist Mrs. Ernesto, eine Sponsorin des Footballteams. Sie sucht jemanden, der sich um ihr Ferienhaus kümmert, wenn sie nicht da ist. Es ist in Malibu." Das war ja toll, dann war sein möglicher Arbeitsplatz ja ganz in Ihrer Nähe. "Kann ich mitkommen zu diesem Bewerbungsgespräch?", fragte sie mit einem neckischen Augenaufschlag. "Na gut", meinte Patrick versöhnlich. "Aber nur, wenn du die Alte nicht auf dumme Gedanken bringst, ich sag nur Stichwort: Callboy." Sie lachte und spreizte ihre Finger zum Schwur. "Ich werde mich benehmen, ich schwöre."

Die Taxifahrt war entspannend, Patrick

und Misty saßen auf der Rückbank, vielmehr Patrick saß und Misty lag mit dem Kopf auf seinem Schoß. Sie war müde und nutzte die Fahrt nach Bel Air zu Mrs. Ernesto, um sich etwas auszuruhen.

Was war das denn? Sie spürte wie Patricks Schwanz unter ihrem Kopf hart wurde. Dabei waren sie doch nur Kumpel, oder fuhr er doch insgeheim auf sie ab? Misty rappelte sich jetzt von Patricks Schoß hoch und schaute genau wie er aus dem Fenster. Sie mussten schon in Bel Air sein, denn es waren meist nur hohe Hecken, lange Mauern und riesige, von Überwachungskameras gesäumte Tore zu sehen. Nur ganz selten sah man mal ansatzweise einen Teil eines der riesigen Anwesen, die so typisch für Bel Air waren.

Nach weiteren fünf Minuten Fahrt hielt das Taxi vor einem schmiedeeisernen Eingangstor. Auch hier war eine Videokamera installiert. Der Taxifahrer fuhr an die Sprechanlage heran und klingelte. Nach kurzem Warten war eine Stimme zu hören, die nach dem Namen fragte. Patrick rief von der Rückbank seinen Namen. Der Taxifahrer wiederholte ihn noch einmal, da er näher an der Sprechanlage war. Misty war aufgeregt. Sie war zwar früher schon einmal durch Bel Air durchgefahren, aber ein Anwesen aus der Nähe zu sehen, geschweige denn, es zu betreten, hatte sie bisher noch nicht erlebt. Das Tor öffnete sich, und sie fuhren eine lange Auffahrt hinauf, die sich serpentinenartig mehrere flache Hügel hinaufschlängelte.

Dann war auf einmal das Haus zu sehen. Es war im Stil einer Südstaaten-Villa erbaut. Das Taxi hielt an. "Das macht 34 Dollar", meldete sich der Fahrer. Patrick kramte in seiner Hosentasche. "Scheiße, ich glaube, ich hab mein Portemonnaie zu Hause vergessen." Er drehte sich zu Misty um: "Hast du Geld dabei?" Jetzt hatte der Vollspacko auch noch sein Geld vergessen, sie hatte doch geahnt, dass es wieder Schwierigkeiten geben würde. "Tickst du noch ganz sauber?" schnauzte sie. "Ich bin doch selber knapp bei Kasse." Sie holte aber doch noch ihr Geld heraus, es waren aber auch nur knappe 15 Dollar. "Wir fragen einfach Mrs. Ernesto, ob sie mir mit einem kleinen Vorschuss aushelfen kann", meinte Patrick. Sie stiegen aus und gingen auf die Villa zu. "Dann machst du ja direkt schon in deinem Bewerbungsgespräch 'nen **tollen** ersten Eindruck", scherzte Misty. Patrick guckte nur grimmig. "Shit happens."

Er klingelte. Nach kurzer Zeit öffnete eine Frau mittleren Alters die Tür. Sie trug eine Schürze. "Hallo, du musst Patrick sein, Mrs. Ernesto wird …" Eine kleine, alte Frau mit grell geschminktem Gesicht, Kurzhaarfrisur und teurem Schmuck behangen kam energischen Schrittes angetippelt. "Danke, Emanuela, ich übernehme jetzt." Misty musste fast anfangen zu lachen, denn die kleine Frau kam ihr wie eine Witzfigur vor.

Da Mrs. Ernesto sehr klein und Patrick sehr groß war, musste Misty unwillkürlich an ein sprechendes Standgebläse denken. "Patrick, dann komm mal mit deiner Freundin mit", ordnete sie an, und drehte sich in Richtung der Wohnräume. "Da gibt's noch ein kleines Problem." Patrick wirkte wirklich verlegen. Nachdem er Mrs. Ernesto die Peinlichkeit gestanden hatte, beauftragte sie ihre Angestellte Emanuela, den Taxifahrer zu bezahlen. Sie führte ihre beiden Gäste in ein gigantisch großes Wohnzimmer.

Das Haus schien von einem Interior-Designer eingerichtet worden zu sein, alles war perfekt aufeinander abgestimmt, moderne Designer-Möbel waren mit kostbaren Antiquitäten kombiniert. Misty traute Mrs. Ernesto einen so guten Geschmack nicht zu, da ihre Erscheinung und Kleidungsstil etwas gewöhnungsbedürftig wirkten. "Setzt euch, macht es euch gemütlich." Misty ließ sich auf dem bequemen Polstersofa direkt neben Patrick nieder. Normalerweise hätte sie sich in solch einer Umgebung sehr fehl am Platz und äußerst unsicher gefühlt, aber da Mrs. Ernesto selbst ziemlich fehl am Platze wirkte, war das alles kein Problem für sie.

"Patrick, ich wollte dich heute gerne persönlich kennenlernen, weil du mir vom Manager deines Footballteams empfohlen worden bist", kam die alte Dame direkt zur Sache. "Es geht um mein Haus in Malibu, ich bin da nur noch selten, die Leute vom Putzservice sind zweimal die Woche da, ansonsten steht das Haus vollkommen leer."

Mrs. Ernesto erklärte Patrick seinen Job so, dass er öfters nach dem Rechten schauen sollte, auch ruhig nach Lust und Laune dort übernachten sollte, da es wichtig war, dass das Haus nicht unbewohnt wirkte.

"Ich übernehme den Job gerne", stimmte Patrick ohne viel Tamtam sofort zu. Das war ja genial. Das wäre dann ja gar nicht weit weg von Joannes Haus. Bestimmt hatte Mrs. Ernestos Haus auch einen Pool. Misty freute sich sehr, denn für sie war klar, dass auch sie Stammgast dort sein würde.

Geschnappt

Das Haus lag in einer ruhigen Seitenstraße, und Misty beobachtete es schon seit Stunden. Am frühen Morgen hatten Cedrik und seine Eltern das Haus verlassen, und eine ältere Latina war kurze Zeit später gekommen, wahrscheinlich die Putzfrau. Jetzt tat sich endlich was, die Haustür öffnete sich und die ältere Frau trat heraus. Misty wartete noch, bis die Putzfrau hinter der nächsten Straßenecke verschwunden war.

Dann betrat sie das Grundstück und umrundete es, sie kam in den Garten, und betrat die Terrasse. Seitlich der Terrasse war ein Kellerfenster, und sie hob das Gitter an, das über dem Fensterschacht lag, und packte es zur Seite. Sie kletterte in den Schacht, und begutachtete das Kellerfenster. Es war auf Kipp und machte auch sonst einen nicht gerade stabilen Eindruck.

Sie trat gegen das Fenster, aber es tat sich nichts. Sie trat fester zu, immer wieder, bis schließlich die Scharniere brachen und das Fenster auf einer Seite aus der Verankerung flog. Sie schob es zur Seite, es quietschte etwas, aber da die Nachbarhäuser weiter weg standen, würde das wohl niemand hören. Sie ließ sich durch das Fenster in den Keller hinab, hatte allerdings die Höhe unterschätzt, und landete ziemlich unsanft auf dem Boden. Verdammter Mist, mussten die das Fenster so weit oben einplanen, dass man sich fast die Beine brach, wenn man ins Haus einstieg!?

Sie verließ den Kellerraum, und kam zur Treppe, die nach oben führte. Oben hörte sie Stimmen, aber das konnte doch eigentlich nicht sein, sie hatte doch selbst gesehen, dass die Putzfrau das Haus verlassen hatte. Sie musste das Radio oder den Fernseher aus Versehen laufengelassen haben.

Vorsichtig schlich Misty die Holztreppe nach oben. An der Tür, die den Keller vom Erdgeschoss trennte, lauschte sie. Die Stimmen sprachen ohne Pause, wie es eigentlich nur bei einem Fernseher sein konnte. Mannomann, war diese Putzfrau zu doof, den Fernseher auszuschalten? So war es wohl, denn als sie den Wohnraum betrat, sah sie den ziemlich großen, eingeschalteten Flachbildfernseher.

Es war alles recht einfach eingerichtet, so als wollten die Leute an den Möbeln sparen, sah aus nach dem Billigmöbelhaus Pocito, aber ordentlich und äußerst sauber. Sie drückte die Aus-Taste des Fernsehers und stieg die Treppe hinauf, die sich direkt im Wohnraum befand. Danke Cedrik, dass du es so einfach machst: An einer der Türen war ein Plastikschild angebracht. "Machtbereich von Cedrik, betreten untersagt und auf eigene Gefahr."

Nach so einer Warnung betrat Misty das Zimmer natürlich noch begeisterter und neugieriger. Wow, hier sah es ja viel komfortabler und aufwendiger aus als unten. Normalerweise war es doch eher genau umgekehrt: Wohnraum teuer, Kinderzimmer zusammengewürfelt und einfach. Ihre Neugier war geweckt. Sie wollte rauskriegen, was hier los war. Aha, da war ja schon die Auflösung: an einer Zimmerwand hingen Fotos, auf denen meist auch Cedrik abgebildet war. Es hingen auch Urkunden und Zeitungsausschnitte da. Auf einem der Ausschnitte war ein Foto abgebildet, das ihn mit der Werbefigur von Chrispy Crunch zeigte, darüber die Überschrift "Football-Newcomer Cedrik ergattert Werbevertrag". Daher also das ganze Geld für seine teure Zimmereinrichtung. Es wirkte nicht nur teuer, sondern auch sehr aufgeräumt, im Gegensatz zu Patricks Zimmer.

Misty ging auf die zwei Türen zu, die es noch außer der Tür zum Flur in dem großzügig geschnittenen Raum gab. Hinter der ersten verbarg sich ein begehbarer Kleiderschrank, hinter der zweiten ein Badezimmer. Misty fand den begehbaren Kleiderschrank am spannendsten. Hatten nicht sonst eher Frauen solche begehbaren Kleiderschränke? Sie schaute in ein mittleres Fach, das auf ihrer Augenhöhe war: Stapel mit T-Shirts, Oberhemden und Unterhemden. Dann kniete sie sich hin, unten standen Schuhe in großer Auswahl, auch den Schuhtick kannte sie bis jetzt nur von Frauen. Allein rund zehn verschiedene Paar Flip-Flops ragten aus kleinen Taschen hervor, die an der Rückwand angebracht waren. Sie nahm eines dieser Flip-Flop-Paare, setzte sich auf die kleine Lederbank vor der Schrankwand, und probierte sie an.

Es sah aus wie bei einem Clown, oder bei einem Kind, das Erwachsenen-Schuhe trug, viel zu groß.

Sie steckte die Flip-Flops zurück in die Tasche und verließ Ceriks Kleiderschrank, denn jetzt war das Badezimmer dran. Auch hier war alles vom Feinsten. Die Wände waren mit beigem Naturstein besetzt. Wie hammermäßig, es gab eine ebenerdige Dusche, und es war sogar eine Regendusche, der Duschkopf war direkt in die Decke eingelassen. Und seitlich in den Naturstein waren auch Düsen eingebaut. Das war doch wohl nicht so eine Luxusdusche, bei der man von allen Seiten, von oben und unten bespritzt wurde!? Das musste sie unbedingt ausprobieren!

Sie überlegte nicht lange, sondern streifte ihr T-Shirt ab, dann zog sie die Shorts aus, ihre Schuhe hatte sie schon vorhin im Zimmer ausgezogen. Sie betrat die Duschfläche, die nur durch eine Glasfront begrenzt war. Sie studierte das High-Tech-Bedienfeld und drückte eine Taste, seitliche Wasserstrahlen prasselten auf sie ein, das war schon mal nicht schlecht, aber sie wollte den Luxus von allen Seiten spüren. Sie hatte jetzt doch das passende Symbol gefunden und drückte drauf. Oh ja, jetzt kam es von allen Seiten, wie cool war das denn, Luxus und Genuss pur. Sie genoss es, sie konnte gar nicht genug davon bekommen. In die Wand war ein Fach eingebaut, in dem verschiedene Duschlotionen standen. Auch sie machten einen edlen Eindruck. Sie hätte nicht erwartet, dass Cedrik so dekadent lebte.

Sie vergaß die Zeit, sie genoss einfach nur dieses göttliche Duschparadies. Sie probierte jetzt schon gefühlt das zehnte Duschgel aus, wenn schon, denn schon. Sie stellte die Temperatur noch heißer. Die Digital-Temperatur-Anzeige war auch nicht von schlechten Eltern. Sie streckte das Gesicht nach oben, so dass ihr das Wasser wie ein heißer Monsunregen ins Gesicht prasselte.

In diesem Moment hörte sie die Stimmen, Sekunden später waren zwei Männer bei ihr im Bad. Dass es Security war, war ihr durch das Outfit klar. Nein, nein, Alptraum, jetzt war es aus, sie war erwischt worden. Verflucht, verdammt. "Dusche aus! Rauskommen!" Mussten die denn mit ihr in so einem Befehlston sprechen? Einer der Männer packte sie grob am Handgelenk und zog sie aus der Duschkabine.

Sie stand mit den beiden Security-Männern auf dem Gehweg vor dem Haus. Sie hatten ihr so wenig Zeit gelassen, dass sie gerade noch ihre Shorts und ihr T-Shirt hatte überstreifen können. Ihre Schuhe hatte sie in der Hektik nicht gefunden. Gnädigerweise hatte sie sich ein Paar von Cedriks Flip-Flops überstreifen dürfen. "Die Cops müssen jeden Moment hier sein." "Ja, dann sind wir das Früchtchen endlich los." Die beiden Wachleute redeten so über sie, als wäre sie gar nicht da, als wäre sie ein unwürdiges Nichts, mit dem man sich nicht abgibt, und mit dem man sich erst recht nicht unterhält.

Aus der Ferne waren jetzt Sirenen zu

hören. Aus zwei Häusern waren schon Nachbarn gekommen, die aufmerksam herüberschauten.

Der Polizeiwagen stoppte einige Meter entfernt, zwei Cops stiegen in aller Seelenruhe aus, und kamen auf das kleine Grüppchen zu. "Was genau ist passiert?", fragte einer der Cops. "Uns hat ein Nachbar angerufen, der auch Kunde bei uns ist , so wie die Besitzer dieses Hauses." Der Security-Mann machte eine Kopfbewegung in Richtung von Cedriks Haus. "Wir haben das Mädchen gemütlich unter der Dusche gefunden. Muss man sich das mal vorstellen, bricht ein, und duscht dann erst mal 'ne Runde." "Wir übernehmen dann jetzt, danke für Ihre Unterstützung", sagte der kleinere der beiden Cops. Zu Misty gewandt: "Du kommst mit, und ab jetzt keine Dummheiten mehr!"

Er führte sie zum Auto. Misty blieb nichts anderes übrig, als in Cedriks, für sie viel zu großen Flip-Flops, neben den Cops wie eine Ente watschelnd mitzukommen. Es hatten sich in der Zwischenzeit noch mehr Gaffer zusammengerottet. Misty meinte sogar jemanden zu sehen, der Fotos machte.

Im Knast

Misty saß neben einer jungen Frau, die ihr in den ersten fünf Minuten ihres Kennenlernens bereits erzählte, dass sie ihren Vater umgebracht hatte. "Ich habe ihn mit einem Pizza-Messer erstochen." Und obwohl das schon mehr Information war, als Misty haben wollte, redete das Mädchen einfach weiter: "Meine Familie ist schon seit Jahren kaputt, es gab ständig Gemeinheiten und Erniedrigungen. Und als dann mein Vater abends beim gemeinsamen Pizza-Essen an meinem selbst zubereiteten Abendessen gemeckert hat, die Pizza auf den Boden geworfen und darauf herumgetrampelt hat, war das einfach zu viel für mich. Als er dann noch gesagt hat, dass er damals besser auf eine heiße Herdplatte gewichst hätte, als mich zu zeugen, hab ich einfach nur noch das Pizza-Messer genommen, und was dann passiert ist, weiß ich nicht mehr: Filmriß." Misty nahm sich vor, in Zukunft einen sehr weiten Bogen um dieses Mädchen zu machen. Sie hoffte, dass im Downhill-Gefängnis auch halbwegs normale Leute waren.

Rechts neben ihr saß eine andere junge Frau. Entweder sie war schwanger oder hatte sich einen dicken Bauch angefuttert. Misty war neugierig, aber obwohl sie ziemlich tough war, und nicht aus Zucker, verfügte sie über ein gewisses Feingefühl.

"Ich bin Misty, schön dich kennenzulernen."
Das Mädchen mit dem Kugelbauch schaute
sie jetzt auch an. "Hi, ich bin Michelle. Freut
mich auch, dich kennenzulernen. Nur der
Ort, an dem wir uns kennenlernen, ist nicht
gerade schön, auch nicht gerade der tollste
Ort, um mein Kleines zu bekommen."

Sie deutete verschmitzt grinsend auf
ihren Bauch. Also doch, hatte sie es doch
gewusst. "Aber kannst du denn problemlos
dein Kleines zur Welt bringen? Also im Knast
zur Welt bringen, meine ich." "Ja", antwortete
Michelle. "Es gibt eine eigene, kleine
Abteilung für Schwangere, zum Schutz des
Babys." "Wieso zum Schutz des Babys?",
fragte Misty ahnungslos. "Naja, es soll wohl
schon vorgekommen sein, dass ein Häftling
einer Schwangeren bewusst in den Bauch
getreten oder geboxt hat, weil noch 'ne
Rechnung zu begleichen war, oder einfach
aus Bösartigkeit oder Neid", antwortete
Michelle, als wäre es für manche Menschen
das Normalste auf der Welt, einem
Ungeborenen etwas anzutun.

Misty war absolut geschockt von dem, was
sie heute schon alleine auf der kurzen Fahrt
zum Gefängnis zu hören bekommen hatte.
"Was für abartige Schweine es gibt", fauchte
sie. "Aber warum musst du nach Downhill?
Nur schwanger zu sein, ist ja nicht gerade
ein Schwerverbrechen." Michelle musste
lachen. "Nein, aber indirekt hat es schon was
mit meinem kleinen Schatz zu tun."

Als Misty sie fordernd und neugierig
ansah, fuhr Michelle fort: "Naja, ich bin nicht
gerade reich, hab in 'nem Burger-Laden

gejobbt, als ich schwanger wurde. Und ich wollte meinem Kleinen doch etwas Schönes bieten. "Und dann?", drängte Misty weiter. "Ich hab auf dem Rodeo Drive Nobel-Babyklamotten geklaut. Und dann noch im Internet Babysachen bestellt, mit Checkkartenbetrug." Sie lächelte entschuldigend. "Aber dann hast du doch für 'nen guten Zweck geklaut, sozusagen", redete Misty ihr gut zu. Michelle musste wieder grinsen. "Ja, so kann man es natürlich auch ausdrücken. Aber die Cops sahen das leider etwas anders." Jetzt lachten sie zusammen.

Misty war froh, noch bevor sie in Downhill angekommen war, hatte sie schon eine Freundin gefunden. Und irgendwie ahnte sie schon, dass es gut war, Freunde zu haben, um in einer Umgebung wie Downhill zu überleben.

Therapie-Stunde

"Latisha", sagte Dr. Roodings, die Gefängnis-Ärztin, die die Gruppentherapie in Block C durchführte. Ein Mädchen, dass wie eine dieser Tänzerinnen in Hip-Hop-Videos aussah, schaute genervt auf. "Ja? Wer will was von mir?" "**Ich** möchte etwas von dir, Latisha!" Dr. Roodings war jetzt in einen sehr lauten und deutlichen Ton gewechselt. "Ich möchte, dass du unseren Neuankömmlingen die Regeln und den Ablauf, sowohl der Gruppentherapie, als auch der Einzeltherapie, erklärst. Und du erklärst ihnen bitte auch alles Wichtige zu den Strafmaßnahmen, die eingeleitet werden, wenn sich hier einer danebenbenimmt. Damit kennst du dich ja besonders gut aus." Einige der Mädchen mussten lachen, verstummten aber sofort, als Latishas vernichtender Blick sie traf.

Misty war klar: Latisha war eine derjenigen, vor denen sie sich in Acht nehmen musste, genau wie vor dem Mädchen, das seinen Vater mit einem Pizza-Messer umgebracht hatte, aber einen auf unschuldig machte. "Und was ist, wenn ich keinen Bock habe, etwas zu den Abläufen hier zu erklären?", ranzte Latisha frech die Gefängnis-Therapeutin an. "Dann wanderst du augenblicklich dahin zurück, woher du heute Morgen gekommen bist, in den Bunker", antwortete Dr. Roodings mit ernstem Gesichtsausdruck. "Was ist der Bunker?", wisperte Misty dem Mädchen zu, das rechts neben ihr saß. "Das ist so ein fensterloser Raum, in dem man zur Strafe einige Tage alleine ist, komplett isoliert, ohne Menschen, ohne Fernsehen, ohne Bücher, ohne alles", flüsterte das Mädchen zurück.

"Ruhe bitte!!", fuhr Dr. Roodings dazwischen. "Wir wollen jetzt alle Latisha zuhören." Latisha setzte sich aufrecht hin und räusperte sich. "Ok, also die Regeln sind so", fing sie lustlos, in schnoddrigem Ton an zu erklären. "Alle kommen pünktlich zur Therapie. In der Gruppentherapie unterbricht man sich nicht gegenseitig, man lacht sich nicht aus. Es gibt keine Gewalt, keine schlüpfrigen Witze, alle versuchen, sich gegenseitig zu helfen." "Sehr gut, ich danke dir, ich glaube das reicht als erste Einweisung für die Neuen", unterbrach Dr. Roodings das Mädchen.

"Nein, eine Regel habe ich noch vergessen zu erwähnen, das wär' mir echt noch wichtig." Latisha machte auf einmal einen sehr bemühten und entgegenkommenden Eindruck. Auch Dr. Roodings schien beeindruckt davon. "Ja, bitte, was ist dir noch für eine wichtige Regel eingefallen?" Latisha sah sich wichtigtuerisch in der Gesprächsrunde um und sagte mit betont ernsthafter Stimme: "Die wichtigste Regel überhaupt ist ..." - sie machte eine kurze Pause und sah sich wieder um - "... sich nicht an die ganzen Scheiß-Regeln hier zu halten, weil die sowieso total für den Arsch sind."

Sie rückte bis zum Rand ihres Stuhls und streckte betont ihren Hintern heraus und zeigte auf ihn.

Lautes Gelächter brach aus und die Mädchen redeten durcheinander. Dr. Roodings holte eine Art Funkgerät heraus, und drückte einen Knopf. Misty hatte es genau gesehen. Der Tumult und das Lachen gingen weiter. Nach ein paar Sekunden kamen zwei Wärter, die beide eine ähnliche Figur wie Patrick hatten. Dr. Roodings sprach kurz mit ihnen und deutete auf Latisha. Die beiden traten an sie heran und führten das sich sträubende Mädchen aus dem Therapie-Raum. Sie weinte, schrie und versuchte, nach den Wärtern zu treten. Schließlich war Latisha fortgeschafft, und langsam kehrte wieder Ruhe ein.

Im Hof

Misty saß auf einer der Bänke in der Nähe der Mauer und hing ihren Gedanken nach. Sie hatte viel Zeit zum Nachdenken und genau das war ihr Problem. Sie vermisste ihr Leben da draußen so sehr, sie vermisste ihren Schwarm Brian, sie hatte gar keine Chance gehabt, ihm näherzukommen. Aber wenn sie eingehender über die vergangene Zeit nachdachte, musste sie sich eingestehen, dass sie sogar Patrick vermisste, obwohl er sie ins Klo getaucht hatte, obwohl er ihr seinen Schwanz in den Mund gesteckt hatte, obwohl, obwohl, obwohl.

"Hey Misty, alles klar?" Die Stimme kam ihr irgendwie bekannt vor, deshalb schaute sie auf. Die Überraschung war groß, denn es war Michelle, das schwangere Mädchen, das im Gefangenentransport nach Downhill neben ihr gesessen hatte.

Sie stand auf. "Mensch, Michelle, mit dir hätte ich ja jetzt gar nicht gerechnet, was machst du denn hier?" Michelle druckste herum: "Naja, ich ... ähm, also." Misty musterte sie von oben bis unten, der Babybauch schien fast zu platzen, so dick und aufgebläht war er. "Raus mit der Sprache", bohrte Misty weiter. "Du siehst aus, als wärst du kurz vor der Geburt, warum bist du nicht auf der Babystation?" "Ok, ist ja gut. Ich werde dir alles haarklein erzählen, du neugierige Nase." Sie setzte sich neben

Misty. "Also, ich war ja auf der Babystation, und da war ja auch alles gut und schön." Misty sah sie wieder fordernd an, und legte ihr den Arm auf die Schulter. "Was ist passiert?" "Naja, da war diese Elaine mit ihrem kleinen Baby, und sie hatte so wunderschöne, süße, kleine Babysachen, sie hatte jede Menge davon, soviel braucht doch kein Baby auf der Welt." "Und dann hast du ihr was von den Babysachen geklaut und dich erwischen lassen!! Stimmt's oder habe ich Recht?", unterbrach Misty sie vorwurfsvoll. "Ja, so war es", piepste Michelle kleinlaut. "Woher weißt du das? Bist du Hellseherin?" "Wie konntest du das nur tun? Du hattest es doch bestimmt gut auf der Babystation."

"Du hast mir gar keine Moralpredigt zu halten", wurde die sonst eher ruhige Michelle jetzt auch etwas lauter. "Das weiß doch inzwischen fast jeder hier, dass du in Häuser eingebrochen bist." Misty war für ein paar Sekunden sprachlos. Was war denn jetzt los? Woher wussten die das denn schon alle? Irgendjemand vom Personal hatte wohl sein Maul nicht halten können. "Ja, du hast Recht", gab auch sie jetzt kleinlaut zu. "Ich bin selbst kein Unschuldslamm. Aber ich wollte dir doch auch keine Vorwürfe machen. Ich will doch nur, dass es dir und deinem Baby gutgeht."

Die beiden nahmen sich in den Arm, Misty merkte wieder, wie gut es ihr tat, eine Freundin hier drinnen zu haben, überhaupt eine Freundin zu haben. Doch jetzt hörte sie Stimmen und lautes Lachen, das näherkam.

Sie löste sich leicht aus Michelles Umarmung und schaute auf. Das hatte ihr ja jetzt gerade noch gefehlt. Latisha näherte sich mit ihrem Hofstaat. Latisha formte aus ihren beiden Daumen und Zeigefingern ein Herz und sang dazu: "Michelle und Misty in Love, Michelle und Misty in Love, Lo Lo Lo Love." Sie tänzelte zu ihrem blöden Gesang, und schwang dabei auf lächerliche Art und Weise die Hüften.

Ein aufregendes Wiedersehen

"**D**as ist nett, dass Sie mich auf die Babystation begleiten, Debby." Misty war der Wärterin sehr dankbar, dass sie Michelle besuchen durfte. Als Vorwand hatte sie vorgeschoben, Michelle von dem bevorstehenden, großen Ereignis, dem Gesangswettbewerb in Downhill berichten zu wollen. Die Insassinnen auf der Babystation waren ja immer etwas isoliert, und sollten aber wenigstens teilweise über alles Wichtige informiert werden. In Wirklichkeit wollte sie aber unbedingt Michelles Baby kennenlernen. Sie hatte gehört, dass es vor gut zwei Wochen auf die Welt gekommen war.

"Da wären wir", sagte Wärterin Debby. "Ich hol dich in einer Stunde ab, genieß die Zeit mit Michelle und ihren kleinen Knaben. Er ist wirklich zuckersüß." Mistys Vorfreude auf das Baby wuchs immer mehr. Sie betrat die Babystation oder vielmehr den großen Aufenthaltsraum der Babystation, die Zellen lagen im hinteren Bereich. "Ich möchte zu Michelle", wandte sich Misty an eine Gefangene, die mit ihrem Baby auf einem Sofa saß. "Ich muss mich um die Kleine kümmern", entgegnete die junge Mutter abweisend. "Geh da vorne durch den Flur, es ist die Zelle, an der außen so ein komisches

Blatt Papier mit einem selbstgemalten Baby an die Zellentür geklebt ist. Michelle hat es gemacht, weil sie so stolz auf ihr Baby ist, als wäre sie die einzige Mama hier."

Misty fühlte sich aus einem undefinierbaren Grund äußerst wohl hier auf der Babystation, weil es mehr wie eine Wohngruppe als wie ein Teil eines Gefängnisses wirkte. Misty betrat die Zelle, und dachte, sie sähe nicht recht. Hatte sie Halluzinationen? Patrick saß neben Michelle auf dem Bett, und hatte das kleine Baby auf dem Arm. "Was machst du denn hier?", fragte Misty entgeistert. "Ich wollte dich besuchen und da der Besucherraum überfüllt war, meinte die Wärterin, dass ich dich hier treffen kann, weil du ja sowieso zu Michelle kommen wolltest." Wenn sie es nicht besser gewusst hätte, hätte sie Patrick für den Vater gehalten.

Es sah so süß aus, wie der Winzling im Arm dieses Riesen lag. Misty war gerührt, niemand hatte sie bisher besucht und ausgerechnet der Kerl, dem sie in sein bestes Stück gebissen hatte, nachdem sie bei ihm eingebrochen war, hatte sich auf den Weg hierher gemacht. "Toll, dass du da bist", brachte sie nur heraus. Michelle nahm den Kleinen an sich, und wandte sich an Misty: "Dann lass' ich Euch mal kurz allein, ich geh mit Bingo solange in den Aufenthaltsraum."

Misty war noch so überrumpelt und positiv überrascht von Patricks Besuch, dass sie im Moment einfach keine Energie mehr frei hatte, sich über den Namen Bingo zu wundern, den Michelle anscheinend ihrem

Baby gegeben hatte. Michelle verschwand mit Bingo aus dem Zimmer, und Patrick stand auf, kam auf sie zu, und nahm sie in den Arm. Sie schmiegte sich an seine Brust, sein Körper war warm, und er schlang seine Hände beschützend um sie. Er musste ahnen, dass sie genau das gerade jetzt, in dieser schwierigen Zeit im Knast brauchte. Ganz im Gegensatz zu der Aktion, als er sie fast die Toilette hinuntergespült hatte, das hatte sie damals nun wirklich nicht gebraucht. So ganz konnte sie die schwierigen Situationen der Vergangenheit noch nicht vergessen. Aber sie wusste im Moment nur eins: Es war ein verdammt gutes Gefühl, dass er da war.

"Warte mal ganz kurz, Kleines." Er schob sie sanft zur Seite, und zog seine Jacke aus. Downhill lag im nördlichen Kalifornien, hier gab es auch schon einmal schlechtes Wetter, so wie heute. Jetzt stand er in einer Art Holzfällerhemd vor ihr. Er nahm sie wieder in den Arm. "Kuckuck, hier bin ich wieder." Er küsste ihr, für seine Verhältnisse sehr sanft, auf die Stirn. Sie war, wie in letzter Zeit häufig, überrumpelt, es fühlte sich aber unglaublich gut an. Sein Holzfällerhemd war in Höhe der Brust nicht richtig zugeknöpft, deshalb guckte ein Stück nackter Männerbrust hervor, sie küsste seine Brust, dann sah sie zu ihm auf, ihre Blicke trafen sich. Er schien mindestens genauso überrascht über die Entwicklung zu sein wie sie. Er drückte sie sanft gegen die Zellenwand, mit einer Hand stützte er sich über ihr an die Wand, mit der anderen streichelte er ihr Gesicht, und ließ die Hand dann weiter abwärts wandern.

Ausgerechnet in diesem Moment wurde die Zellentür aufgestoßen, Misty sah hinüber, es war Michelle, die mit Bingo auf dem Arm wieder in ihre Zelle wollte. Patrick löste sich von Misty und schob Michelle mit sanfter Gewalt wieder zur Tür hinaus. "Ihr müsst noch etwas draußen bleiben", meinte Patrick zu ihr. "Wir haben hier noch vieles ... ähm ... zu besprechen." "Hey, das ist immer noch meine Zelle!", fing Michelle an zu protestieren. Auch Bingo fing jetzt an zu schreien, es war Misty nicht ganz klar, ob das Baby verunsichert war durch das Rufen seiner Mutter oder durch den fremden Mann im Holzfällerhemd.

Nachdem Patrick Michelle samt ihrem Nachwuchs zur Tür hinausbefördert hatte, schloss er die Tür, und schob einen Stuhl unter die Klinke. "Das reicht noch nicht", kicherte Misty, und nahm einen Stapel mit Baby-Ratgeberbüchern, die sie neben Michelles Bett gefunden hatte. Sie klemmte ein paar der Bücher zwischen Tür und Stuhl, ein Buch fiel auf den Boden. Patrick nahm es und half ihr, er klemmte es noch dazu, und ruckelte an der Tür. Nachdem die Tür versperrt war, zog Misty ihn wieder an sich, und knöpfte sein Holzfällerhemd auf. Sie küsste seine Brust, er packte sie an den Hüften und hob sie zu sich hoch. Etwas unbeholfen, aber zärtlich küsste er sie.

Er trug sie zum Bett, und legte sie wie eine Beute ab. Dann kniete er sich mit auseinandergespreizten Beinen über sie. Er

77

küsste sie lange und ausgiebig. Misty fuhr mit den Händen an seinen baumstammartigen Oberarmen entlang.

Mr. Goubiny

"**K**omm bitte mit, Mr. Goubiny möchte dich sprechen", raunte die Wärterin. Mr. Goubiny war der Leiter von Downhill. Misty war alarmiert, das konnte doch nur damit zusammenhängen, was in Michelles Zelle passiert war. Sie ging mit der Wärterin den langen Gang zu Mr. Goubinys Büro. Die Wärterin öffnete die Tür, und meldete Misty an. "Mr. Goubiny, die Gefangene Misty ist jetzt hier." Misty kam diese Szene nur zu bekannt vor, in der Highschool wurde sie auch oft genug auf diese Weise zum Schuldirektor gerufen. Als Gefangene zu einem Gefängnisdirektor gerufen zu werden, war aber noch eine ganz andere Nummer, wie sie fand.

Sie sah Mr. Goubiny zum ersten Mal. Er war ein kleines, schmächtiges Männchen, mit durchdringenden, dunklen Augen, die auf sie gerichtet waren. "Bitte setze dich", ordnete er an. "Bitte stecken Sie mich nicht in den Bunker", unterbrach Misty ihn. "Es tut mir leid, dass wir Michelles Zelle versperrt haben, wirklich, es tut mir alles so leid." "Es geht doch gar nicht um Michelles Zelle, es geht darum, dass deine Tante Kaution für dich gestellt hat, und dich morgen früh abholt, du bist so gut wie frei."

Sie hörte wohl nicht recht, Joanne ließ die ganze Zeit nichts von sich hören, kam kein einziges Mal zu Besuch und stellte jetzt auf einmal Kaution, damit sie rauskam. Damit hatte sie wirklich nicht gerechnet. "Das ist ja hammermäßig, ich bin sprachlos", stammelte sie ungläubig. "Das heißt, dass sie mich morgen früh abholt, und mit nach Hause nimmt?" "So ist es", antwortete der kleine Mann. "Und du kannst froh sein, denn die meisten hier haben nicht so ein Glück wie du."

Misty stand mit ihrer kleinen Reisetasche vor dem Eingang von Downhill, und telefonierte mit Joanne. "Misty, ich habe leider keine Zeit dich abzuholen", erklärte ihre Tante ihr. "Aber wer dauernd soviel anstellt wie du, kriegt es auch sicher hin, alleine nach Hause zu kommen, bis später, hab dich lieb." Das Gespräch war beendet, und sie hatte immer noch keine Idee, wie sie am besten zurück nach Malibu kommen sollte. Sie rief mit dem Handy die Taxi-Hotline an. Nachdem Ewigkeiten niemand dran ging, meldete sich endlich eine Stimme: "Taxi-California, was kann ich für Sie tun?" "Hallo, ein Taxi bitte nach Downhill", reagierte Misty kurz angebunden. Als der Mitarbeiter die genaue Adresse wissen wollte, fiel ihr auf, dass sie sie gar nicht wusste. Für sie war Downhill inzwischen fast ihr Lebensmittelpunkt geworden, dass sie unbewusst davon ausgegangen war, jeder müsse es kennen.

Sie ging zurück zur Pforte, und drückte die Klingel. Eine Wärterin erschien nach einiger Zeit. "Willst du wieder zurück?", fragte sie mit einem Anflug von Hohn in der Stimme. "Kannst du dich doch nicht von uns trennen?" "Das ganz bestimmt nicht", erwiderte Misty in ähnlich sarkastischem Ton. "Ich bräuchte nur die genaue Anschrift von Downhill, für das Taxi, das mich abholt." "Ach, mit dem Taxi fährt die feine Dame", ätzte die Wärterin weiter, schrieb aber die Adresse auf einen kleinen Zettel. Misty nahm den Zettel in Empfang und war unglaublich froh, von diesem Ort und den Menschen hier wegzukommen.

Nach einiger Zeit kam dann endlich das Taxi. "Sorry", sagte der Fahrer. "Hab den Weg hierher nicht direkt gefunden, das ist ja hier der Arsch der Welt." "Arsch der Welt stimmt", gab Misty ihm recht. "Arschlöcher gibt's hier auf jeden Fall mehr als genug." Der Fahrer lachte, und verstaute ihre Reisetasche im Kofferraum.

"Wohin soll's denn gehen?", wollte der nette Mann wissen. "Fahren Sie mich einfach zum nächsten Rastplatz auf dem Highway, von da aus trampe ich dann", antwortete sie. "Die komplette Fahrt nach Malibu im Taxi ist mir nämlich zu teuer." Der Fahrer guckte sie zweifelnd an. "Sei aber vorsichtig, Mädchen, auf dem Highway treibt sich so mancher Irre rum." "Passt doch", antwortete sie. "Bin ja selbst 'ne Irre." Beide mussten lachen.

Nachdem der Taxifahrer sie an einem Highway-Motel abgesetzt hatte, überlegte sie, wie sie am besten eine Mitfahrgelegenheit in Richtung Malibu organisieren könnte. Sie schlenderte auf dem Parkplatz umher und fand einige hundert Meter vom Motel entfernt ein Diner.

Sie betrat den Laden, und ging an die

Theke, an der ein paar Leute saßen, die wie Trucker aussahen. Misty setzte sich auf einen freien Platz an der Theke, und sprach den Mann neben ihr an: "Eine Frage, ich muss nach Malibu, fährst du in die Richtung?" "Ne, leider nicht, Mädchen, hätte dich gerne mitgenommen", antwortete er. "Aber der hier drüben fährt nach San Diego, der kann dich bestimmt mitnehmen." Er deutete auf einen Trucker, der am Ende des Tresens saß. Misty ging zu ihm. "Ich hab gehört, du fährst nach San Diego. Ich muss nach Malibu. Könnte ich bei dir mitfahren?" Er grinste sie an. "Und was kriege ich dafür, meine Schöne?" Misty ließ sich durch die anzügliche Bemerkung nicht verunsichern. "Einen Kaffee kriegst du, auf halber Strecke." "Da hatte ich mir aber etwas mehr vorgestellt," schmunzelte er. "Aber ok, du kannst mitfahren."

Nachdem die beiden losgefahren waren, kamen sie schnell ins Gespräch. Der Trucker hieß Joe und war ganz ok.

Misty hatte ihm direkt erzählt, dass sie gerade aus Downhill entlassen worden war. "Klar kenne ich Downhill", sagte Joe. "Als Trucker kennt man solche Orte, was hast du denn angestellt, um da zu landen?" Misty hatte keine Lust, sich als Stalkerin zu outen, denn das würde ihn vielleicht auf falsche Gedanken bringen, dass sie eine Bitch sei, die für alles und jeden zu haben ist. "Körperverletzung bei Leuten, die mir an die Wäsche gehen wollten", sagte sie nur, und musste innerlich grinsen, als sich Joes Verhalten änderte, er kaum noch was sagte und sich einfach nur aufs Fahren zu konzentrieren schien.

Die restliche Fahrt lang döste sie vor sich hin, und schreckte erst auf, als Joe sie antippte. "Wir sind jetzt in Los Angeles. Ich muss dich hier rausschmeißen." "Kein Problem, Malibu ist ja nicht mehr weit von hier", antwortete sie. "Vielen Dank fürs Mitnehmen."

Nach einer Busfahrt mit einmal umsteigen, kam sie in Malibu an und entschied sich, erst zum Strand zu laufen, bevor sie nach Hause zu Joanne ging, da sie das Meer so sehr vermisst hatte.

Wieder bei Joanne

Endlich wieder Mensch sein, durchatmen und neue Kraft tanken. Misty saß auf Joannes Terrasse. Es war später Nachmittag, und Joanne war in der Surfschule. Misty hatte Haus und Terrasse für ein paar Stunden für sich, und genoss es, alleine zu sein und ihre Ruhe zu haben.

In Downhill waren immer andere Menschen um sie herum gewesen, teilweise extrem schwierige Menschen. Sie kam sich wie eine Überlebende vor, ja, sie hatte den Knast überlebt. Nein, das war zu undankbar gedacht, es gab auch positive Dinge, denn sie hatte in Michelle eine tolle Freundin gefunden. Hoffentlich würde sie Michelle und Baby Bingo bald wiedersehen. Misty starrte aufs Meer, wie sie es gern tat, es war einer dieser perfekten Momente, nein, nicht ganz, es fehlte noch eine Kleinigkeit: Eine gute, starke Tasse Kaffee. Der Kaffee in Downhill war, wie vieles andere dort auch, grottenschlecht gewesen.

Sie ging in die Küche, und holte ein Kaffeepad aus dem Küchenschrank. Sie steckte es in die Padkaffeemaschine und startete den Brühvorgang. In diesem Moment hörte sie die Türklingel.

Wer war das denn? Joanne war für den Rest des Tages nicht da, und sie erwartete niemanden, wen auch, sie kannte in Malibu ja kaum Leute. Sie ging zur Sprechanlage:

"Ja, hallo?" "Hi, hier ist Wendy", meldete sich eine ihr unbekannte Stimme. "Sorry, ich kaufe nichts an der Tür." Misty wollte die Fremde schnell abwimmeln. "Halt, ich will nichts verkaufen, ich bin vom *Popular People Magazine* und würde gerne eine Story machen, unsere Leser interessiert deine Geschichte bestimmt." "Woher haben Sie meine Adresse?" Misty war misstrauisch. "Ich kenne jemanden in Downhill", antwortete Wendy.

Misty zögerte, die Frau reinzulassen, denn es kam ihr komisch vor, dass sie sich nicht telefonisch gemeldet hatte und einfach so hier reinplatzte. Aber sie fühlte sich auch geschmeichelt, dass eine Zeitschrift sich für sie interessierte, außerdem war sie ja immer offen für Neues. "Warten Sie, ich komme runter." "Ich dachte, wir könnten uns im Haus in Ruhe unterhalten", warf Wendy ein. "Ne, ne", wiegelte Misty ab. "Eine Homestory möchte ich nicht machen, einen Augenblick, ich komme runter."

Sie nahm ihre Sonnenbrille, machte die Kaffeemaschine aus und trank noch hastig einen Schluck, wäre ja schade drum. Sie ging die Treppe zur Haustür hinab, und spähte durch das kleine Guckloch. Am Gartentor sah sie Wendy, die eigentlich einen ganz netten und vertrauensvollen Eindruck machte.

"Eine letzte Frage habe ich noch." Mein Gott, die Frau strapazierte ihre Nerven aber mehr als genug. Misty konnte langsam nicht mehr, geschlagene zwei Stunden hatte sie jetzt schon mit Wendy zugebracht. Diese

Frau konnte wohl gar nicht genug kriegen.
"Ja? Was wollen Sie denn noch wissen?"
Wendy schaute sie mit funkelnden Augen an:
"Hast Du auch schon mal eine fremde
Identität angenommen, um jemanden zu
stalken?" Misty musste lachen. "Mich
verkleiden? Wie an Halloween? Nein, ich bin
einfach immer nur ich selbst. Sowas würde
ich doch niemals machen." Sowas sollte sie
unbedingt mal machen, dachte sie
insgeheim. Brilliante Idee, liebe Wendy,
herzlichen Dank.

Neue Pläne

Wendy war weg und es war endlich wieder Ruhe. Misty war zurück im Haus und ließ die Eindrücke sacken, die sie aus dem langen Gespräch mit Wendy gewonnen hatte. Sie genoss die Ruhe auf ihrem Lieblingsplatz auf der Terrasse, als ihr Handy auf dem Glastisch vor ihr vibrierte. Eine SMS von Joanne: "*Ich muss noch etwas länger in der Schule bleiben, es ist noch eine größere Surfgruppe da.*"

Misty ging in die Küche. Ein Kaffee oder auch zwei oder drei war überfällig. Sie nahm ein Kaffeepad aus dem Küchenschrank, und steckte es in die Maschine. Dann startete sie den Brühvorgang und schüttete anschließend den kalten Kaffee weg, der noch in der Tasse war. Jetzt noch etwas Essbares finden und ihre kleine Kaffee-Auszeit wäre perfekt. Am besten ein paar Käsecracker oder ein paar Muffins. Sie sah im Kühlschrank nach, doch dort herrschte leider gähnende Leere. Joanne war nicht gerade die perfekte Hausfrau und holte sich zudem oft kleine Snacks am Strand oder in Malibu.

Misty zog einen Stuhl vom Essplatz an den Küchenschrank heran und kletterte hinauf. Sie durchforstete die Küchenschränke, aber dort war auch nichts. Vielleicht in dieser Keramikdose da, sie öffnete die Dose, Volltreffer: Zwar keine Muffins oder Cracker, dafür ein Bündel Geldscheine. Misty zählte nach, es waren fast 6800 Dollar. Dass Joanne einen solchen Geldbetrag zu Hause aufbewahrte, wunderte sie nicht. Ihre Tante hatte so ihre Eigenarten, wahrscheinlich vertraute sie den Banken nicht so ganz. Misty überlegte: Sollte sie oder sollte sie nicht?

Doch sie konnte der Versuchung nicht widerstehen, und zweigte sich 1500 Dollar ab. Sie war wie meistens recht knapp bei Kasse, und außerdem half sie Joanne ja auch etwas im Haushalt. Wenn sie genau überlegte, hatte sie also fast schon Anrecht auf das Geld.

Außerdem, wenn Joanne so wenig Lebensmittel vorrätig hatte, brauchte sie ja auch etwas Essensgeld, nur von Luft und Liebe konnte auch sie nicht leben. Sie suchte sich online einen Lieferdienst, denn sie hatte langsam richtig Hunger. Sie rief Lennys Pizza-Service an, doch es war minutenlang nur das Besetztzeichen zu hören. Dann versuchte sie es bei Margarithas Pasta Place. "Hallo, Margarithas Pasta Place, was kann ich für Sie tun?" Misty bestellte sich eine Pizza Diavolo und einen Cesars Salade dazu und eine Flasche Cola. Sie ging zurück zu ihrem Stammplatz auf der Terrasse und machte es sich im Sessel gemütlich.

Sie freute sich auf ihr Essen, wie praktisch doch solche Lieferdienste waren, man musste die Wohnung gar nicht mehr verlassen und das Essen kam direkt ins Haus. DAS WAR ES! MIT ESSEN DIREKT INS HAUS!! Sie würde sich als Essenslieferantin tarnen und sich mit einer gefakten, kostenlosen Werbeaktion Zugang zu Brians Haus verschaffen, Zugang zu ihm. Sie war so glücklich über diesen Geistesblitz, der sie ihrem Ziel näherbringen würde.

Getarnt bei Brian

Misty beendete den Mathe-Stream der Online-Schule. Weil sich ihr Gefängnis-Aufenthalt und einiges mehr in ihrer alten Schule herumgesprochen hatte und so normaler Unterricht nicht mehr möglich gewesen war, hatte Joanne sie in einer Online-Schule angemeldet. Außerdem war sie auf unbestimmte Zeit ganz zu Joanne gezogen, damit sie etwas mehr unter Kontrolle war. Sie suchte ein paar Muffin-Rezepte raus, druckte sie aus und ging in die Küche. Dummerweise war kein Zucker mehr da und weil sie zu faul war, neuen zu kaufen, machte sie einfach herzhafte Muffins. Sie würde sie als neuartige Erfindung, als sogenannte Brot-Muffins anbieten.

Am nächsten Tag machte sie sich auf den Weg zu Brians Haus, sie fuhr auf Rollerblades zu ihm. Die Muffins zum Probieren hatte sie in ihrem Rucksack dabei, und in der Hand hielt sie ihr Handy. Sie hatte sich den Stadtplan aufgerufen und war mit seiner Hilfe nur noch ein paar Straßenecken von Brians Haus entfernt. Sie hatte sich im Internet ein Gesichts-Maskenset bestellt. Mit Hilfe der dünnen, silikonartigen und selbstklebenden Streifen der Maske sah sie wie ein ganz anderer Mensch aus. Und die blonden Haarextensions taten ihr Übriges: Sie sah jetzt aus wie eine dieser Cheerleaderinnen. Das Rollerbladen war sehr anstrengend, daher war sie ganz außer Atem.

Unter einem Straßenschild machte sie Pause und sah, dass sie in der St. Julianne Street war. Das hörte sich irgendwie gut an, ja das war's doch, sie würde sich bei Brian als Julianne vorstellen. Sie sauste weiter die Straße hinab und warf fast eine alte Frau um, die mit ihrer kleinen Promenadenmischung unterwegs war. "Pass' doch auf, wo du herfährst, du freches Luder", schrie die Alte Misty hinterher. Normalerweise wäre sie jetzt umgekehrt und hätte bei der Frau so richtig Dampf abgelassen. Aber für so einen Quatsch hatte sie jetzt keine Zeit, sie hatte Besseres zu tun: Zeit mit Brian verbringen.

"Ding Dong, Ding Dong." Sie klingelte fast Sturm, denn sie konnte es einfach nicht abwarten, ihrem Schatz zu begegnen. Sie nannte ihn Schatz, da sie sich immer wieder vorstellte, mit ihm in einer Beziehung zu sein, und die meisten Menschen, die in einer Beziehung waren, nannten sich ja auch meist Schatz, wie sie immer wieder mitbekommen hatte.

Endlich ging die Tür auf, was für eine Freude. Um so größer war die Enttäuschung, als sie feststellte, wer die Tür aufgemacht hatte: Das kleine Mistvieh!! Aber zum Glück schien Brians kleine Schwester sie nicht wiederzuerkennen. Sie hatten ja schon einmal das "Vergnügen" gehabt sich kennenzulernen. "Wir kaufen nichts an der Tür", maulte die Kleine sie an, und wollte die Tür schließen.

Misty hatte jedoch schon ihren Fuß in die Tür gestellt und rief: "Stopp, ich will nichts verkaufen. Ich hab' was zu verschenken." "Und was?" "Ich bin von einer Food-Firma und wir machen eine Marktuntersuchung, wie unsere Muffins bei männlichen Kunden im Alter zwischen fünfzehn und siebzehn Jahren ankommen. Wohnt hier zufällig jemand, der in diese Zielgruppe passt?" Misty hatte sich das vorher extra überlegt, um an Brian ranzukommen, nur dass sie dafür ihren Fuß in die Tür stellen musste, darauf wäre sie nicht gekommen.

Sie konnte es gar nicht abwarten, Brian wiederzusehen, beim letzten Mal hatte sie ja mehr von seinen Füßen als von seinem Gesicht zu sehen bekommen. Sie hatte die Muffins auf dem Tisch auf einem kleinen Teller angerichtet. Amber war nach oben gegangen, um Brian zu holen. Misty ging nochmal in Gedanken durch, was für eine Geschichte sie Brian auftischen sollte. Da kam er auch schon. "Hi, ich bin Julianne", stellte sie sich vor. "Deine Schwester hat dir ja bestimmt schon erzählt, um was es geht." Sie stand auf, gab ihm die Hand und stand dabei so dicht vor ihm, dass sie merkte, wie stark sie sich von ihm angezogen fühlte.

Aus einem Impuls heraus tat sie, als hätte sie einen Schwächeanfall und ließ sich gegen ihn fallen. Er fing sie auf. "Mein Kreislauf", hauchte sie. "Kannst du mich kurz auf dein Bett legen?" Er zögerte nicht lange, nahm sie hoch, und trug sie tatsächlich auf Händen die Treppe hoch in sein Zimmer.

Das war ja schon fast unheimlich, wie gut

alles klappte. Wenn das Haus doch nur ein paar Stockwerke mehr hätte, sie hätte sich ewig tragen lassen können, irgendwie total romantisch. Sie hatte die Augen geschlossen und genoss es, von ihm getragen und umsorgt zu werden. Dann ließ er sie auf einmal aufs Bett plumpsen, und es war ein harter Aufprall für ihren Kopf, denn die Hantel lag schon wieder da. "Auaaaaa!" So wie er sie behandelte, musste sie ihre Bettlägerigkeit ja bald gar nicht mehr vorspielen. "Bist du mit dem Kopf auf die Hantel gekommen?", fragte er in leicht verlegenem Ton. Sie nickte matt. "Sorry", sagte er und verließ das Zimmer. "Ich hol dir was zum Kühlen", rief er vom Flur aus.

Aber trotz des kleinen Missgeschicks mit der Hantel fand sie es richtig süß, wie er sich um sie kümmerte. Und in seinem Bett zu liegen, war um einiges besser als drunter zu hocken, wie beim letzten Mal.

Von Joanne erwischt

Es war früher Abend, als Misty nach Hause kam, denn Joannes Haus in Malibu war für sie inzwischen zu ihrem Zuhause geworden. Sie ging auf die Terrasse, wo Joanne schon saß und gedankenverloren aufs Meer hinausschaute. "Hi Joanne", begrüßte Misty ihre Tante. "Ich mache mir eben was zum Abendessen." Sie drehte sich um, um wieder zurück ins Haus zu gehen.

"Misty!!!!" Misty drehte sich überrascht zu ihrer Tante um. Die guckte sie auf einmal mit sehr ernstem Gesichtsausdruck an. "Ich muss mit dir reden!!" Oh, oh, das hörte sich aber gar nicht gut an. "Es fehlt Geld, hast du mir dazu irgendwas zu sagen?" Da sie den Eindruck hatte, dass es diesmal keinen Zweck hatte, versuchte sie gar nicht erst, sich rauszureden. Obwohl, eine kleine Ausrede war es dann vielleicht doch. "Ja ich hab mir was von dem Geld genommen", gab sie unumwunden zu. "Aber ich habe es mir nur geliehen, ich gebe dir natürlich alles zurück." "Wofür hast du das Geld denn gebraucht?"

Misty überlegte kurz, ob sie ihre neueste Stalking-Aktion beichten sollte, denn dafür hatte sie ja den Hauptteil des Geldes gebraucht. Aber da sie keine Lust auf eine erneute Standpauke hatte, griff sie wie üblich zu einer Notlüge. "Ich brauchte dringend neue Klamotten. Und jetzt gehe ich noch etwas an den Strand", fertigte sie Joanne ab und schlüpfte durch die Terrassentür ins Haus.

Sie zog sich die Schuhe aus, nahm sie in der Hand mit und schlenderte den Strand entlang, durch den warmen Sand. Sie brauchte etwas Zeit für sich. Es war auch nicht besonders viel los, sehr schön, sie hatte fast den ganzen Strandabschnitt für sich. Sie durchpflügte mit ihren Füßen den Sand, denn nach den ganzen Erlebnissen hatte sie das Gefühl, auch mal wieder zu sich kommen zu müssen, sich spüren und zwar in der Natur. Sie lief jetzt schon eine ganze Zeit, so lange, wie sie es vorher noch nie getan hatte, und kam zu einem abseits gelegenen Strandabschnitt, an dem sie vorher noch nie gewesen war.

Es gab hier eine kleine Holzbude mit einer Theke und sie bekam Lust, hier eine kleine Verschnaufpause einzulegen. In der Verkaufsbude arbeitete ein junges, schmächtiges Kerlchen. "Hi, so alleine hier?", begrüßte er sie. "Hat dich das Meer angespült, kleine Meerjungfrau?" Misty musste lachen, denn als Meerjungfrau hatte sie bis jetzt noch niemand angeredet. "Eine Meerjungfrau bin ich nicht", antwortete sie ihm gut gelaunt, "und klein bin ich auch nicht, vor allem nicht im Vergleich zu dir, du kleiner Meerwichtel." Jetzt lachte auch der junge Mann. "Und mich hat noch nie jemand Meerwichtel genannt." "Kannst du mir bitte 'ne Tasse Kaffee machen oder übersteigt das deine Fähigkeiten, kleiner Meerwichtel?" "Das kriege ich gerade noch hin," meinte er.

"Und du wirst dich wundern: Ich hab noch einiges mehr drauf." " Glaub ich dir gerne, aber der Kaffee reicht mir fürs Erste vollkommen."

Misty hatte den dampfenden Kaffee vor sich auf dem Holztisch stehen. Tom, wie der Meerwichtel mit richtigem Namen hieß, hatte ihn auch akzeptabel hingekriegt. Sie hatte zwar schon besseren getrunken, aber hier wurde sie ja durch den tollen Ausblick aufs Meer entschädigt. Sie konzentrierte sich wieder nur ganz auf sich und rührte gedankenverloren mit einem kleinen Plastikstäbchen im Kaffee herum.

Meerwichtel Tom hatte ihr erzählt, dass er Internetunternehmer war und die Strandbude nur als kleinen Ausgleich betrieb, um das wirkliche, reale Leben nicht ganz zu verpassen, um die Bodenhaftung nicht zu verlieren, wie er es genannt hatte. Misty hatte Vertrauen zu ihm gefasst und ihm einiges aus ihrem verrückten Leben gebeichtet. Er war auch nicht abgeschreckt, nur etwas erstaunt und überrascht gewesen, denn mit dem, was sie ihm alles erzählt hatte, hatte er so gar nicht gerechnet.

Nachdem sie Nummern ausgetauscht hatten, verabschiedete sich Misty: "Mach's gut, kleiner Meerwichtel." Tom, der gerade einen neuen Kunden bediente, schaute auf. "Mach's besser, pass' auf dich auf." Misty war schon losgelaufen, als er noch hinter ihr herrief: "Und melde dich mal!" Sie musste innerlich grinsen, da sie eigentlich nur etwas positive Energie hatte auftanken wollen und schon wieder eine neue Bekanntschaft an

Land gezogen hatte.

Die Lust, einfach nur am Strand entlangzulaufen, schien ihr heute gar nicht mehr abhanden zu kommen, und sie beschloss, noch zur nächsten Strandbude zu laufen, falls es überhaupt hier in der Nähe noch eine gab.

Eine Strandbude hatte sie nicht mehr gefunden, jedoch einen Mann, der einen Bauchkasten vor sich hertrug, und frische Fruchtspieße und Getränke anbot. "Einen Fruchtspieß bitte und eine Coke." "Gerne", antwortete der Verkäufer. "Sieben Dollar bitte." Wow, das sind ja Preise, das wäre doch der ideale Nebenverdienst für sie. Und schon reifte der nächste Plan in ihr heran.

Ein paar Tage später fuhr sie mit ihren Rollerblades wieder zu Brian. Sie zog die Rollerblades vor der Treppe zur Haustür aus, denn sie wollte es nicht riskieren, sich auf den letzten Metern noch auf die Nase zu legen. Wäre ihm ja auch dann bald etwas seltsam vorgekommen, wenn sie immer irgendwas hatte, einmal den angeblichen Schwächeanfall und dann womöglich noch ein Missgeschick mit den Rollerblades. Nein, ab jetzt sollte sie vielleicht etwas souveräner rüberkommen, vor allem weil ihre Muffins beim letzten Mal ja auch nicht gerade der Knaller gewesen waren.

Sie klingelte, und wenig später wurde ihr auch schon geöffnet, natürlich wieder von der kleinen Nervensäge, wie konnte es bei ihrem Glück auch anders sein. "Deine Muffins haben nicht besonders gut geschmeckt", meinte sie frech zur

Begrüßung. Misty hatte keine Lust mehr, sich freundlich gegenüber Amber zu verhalten, sie wollte der kleinen Kröte die ganzen Frechheiten heimzahlen und zwar doppelt und dreifach.

Sie packte Amber am Handgelenk und schleifte sie die Kellertreppe hinab. "Du hörst jetzt ein für allemal auf, so unverschämt zu sein, du verdammtes, kleines Miststück!!!" "Lass mich los, du Geisteskranke!", schrie Amber und zappelte herum wie verrückt. Aber Misty war ihr körperlich überlegen und außerdem mit ihrer Geduld am Ende und stieß Amber in einen Kellerraum, der scheinbar als eine Art Abstellkammer diente.

An der Tür des Kellerraums war blöderweise kein Schlüssel und Misty fragte Amber danach. "Ich sag dir nicht wo der Schlüssel ist, weil ich mich nicht hier von dir einsperren lasse!!", kreischte Amber. Durch das Kreischen wurde Misty noch genervter und aufgebrachter, als sie es sowieso schon war, sie nahm einen Baseballschläger, der in einer Kellerecke gelehnt hatte, und erhob ihn drohend über dem Mädchen. "Sag mir, wo der Schlüssel ist!!", schrie sie. "Oder ich schlag dich tot!!!"

Nachdem Amber ihr gezeigt hatte, wo der Schlüssel war, hatte sie sie eingesperrt und war wieder nach oben gegangen. Da Brian weder im Wohnzimmer, noch in der Küche war, schaute sie in seinem Zimmer nach, aber auch dort war nichts von ihm zu sehen. Sie legte die Muffins, die sie wieder als Probeessen mitgebracht hatte, auf einen

Teller und stellte ihn auf dem Esstisch ab. Sie setzte sich, knabberte aus Langeweile an einem Muffin, weil die Zeit einfach nicht verging, und wartete.

Endlich, nach einer gefühlten Ewigkeit tat sich etwas an der Haustür, und eine Frau mittleren Alters, wohl seine Mutter, und Brian kamen ins Wohnzimmer. "Hallo Brian, deine Schwester hat mich reingelassen. Ich hab heute noch eine neue Sorte Muffins zur kostenlosen Probe dabei", erklärte sie, nahm den Teller und ging auf ihn zu. "Lass uns doch nach oben zu dir gehen", schlug sie beiläufig vor. "Dann stören wir deine Mutter nicht." "Ist ok", willigte Brian ein. "Bin schon gespannt, wie sie schmecken." Sie gingen nach oben in sein Zimmer, in dem Misty bereits unter seinem Bett und in seinem Bett gelegen hatte.

Ihr heutiges Ziel war, mit ihm gemeinsam in seinem großen und einladenden Bett zu landen. Da sie seine beschissene Schwester im Keller eingeschlossen und ihr recht heftige Dinge angedroht hatte, musste sic schnell zur Sache kommen und dann verschwinden. Brian setzte sich aufs Bett und guckte sie erwartungsvoll an. "So, Julianne, dann gib mir mal einen von deinen Muffins, ich hoffe sie sind diesmal süß, mit den herzhaften konnte ich nicht viel anfangen." Misty ließ sich nicht zweimal bitten, setzte sich schnell neben ihn aufs Bett und hielt ihm den Teller mit den Muffins hin.

Spaß mit Brian

Brian probierte ein Stückchen vom Muffin und sah zufrieden aus. Diese Muffin-Variante schien ihm wirklich besser zu schmecken als ihre Salz-Version. "Sehr lecker", meinte Brian anerkennend. "Und was gibt es zum Nachtisch?" "Mich", sagte Misty lächelnd, und erntete einen belustigten, aber auch überraschten Gesichtsausdruck von Brian. "Wie meinst du das denn?"

Misty fühlte sich wegen der eingesperrten Amber, die wahrscheinlich bald entdeckt werden würde und natürlich die übelsten Anschuldigungen heraus posaunen würde, unter Druck. Sie musste einen Zahn zulegen, und sah Brian mit dem süßesten Lächeln, dass sie aufbringen konnte, von der Seite an: "Ich finde dich ehrlich gesagt ziemlich schnuckelig."

So, jetzt war es raus. Es lag nun an ihm, ob er abblockte, oder drauf einging. Wenn er abblockte, würde sie so schnell sie konnte das Haus verlassen, wenn er drauf einging, würde sie Schritt für Schritt weitergehen. "Ich finde dich auch ziemlich süß, fast so süß wie den Muffin", sagte er, und strich ihr zärtlich übers Knie. Er hatte also angebissen, sie fasste ihm in den Schritt. "Hier ist wohl auch ein kleiner Muffin in deiner Hose versteckt." Er lachte: "Was heißt hier kleiner Muffin, er ist groß, und wenn du weiter so machst, wird er immer größer." Sie massierte die Beule in seiner Hose immer weiter, während er sich zu ihr hinüberbeugte und sie küsste.

Er legte den Arm um sie, ließ sich rückwärts aufs Bett fallen, und zog sie mit sich. Seinen starken Armen konnte und wollte sie sich nicht widersetzen. Er übernahm mehr und mehr die Regie, und wirkte dominanter als vorher, was ihr allerdings ziemlich gut gefiel. Sie stand wieder vom Bett auf und begann, sich das T-Shirt auszuziehen. Auch Brian rappelte sich vom Bett auf und stellte sich vor sie: "Warte, ich helfe dir." Er musste lachen, weil es lustig aussah, wie sich ihr Kopf im T-Shirt verheddert hatte. Er zog mit sanfter Gewalt, und befreite sie von dem Stück Stoff. "Dann helfe ich dir aber auch." Sie schob sein T-Shirt nach oben, und überließ aber den Rest ihm, da ihre Arme nicht lang genug waren, und er einfach zu groß war, so dass sie ihm nicht das Hemd über den Kopf ziehen konnte. Dafür knöpfte sie seine Hose auf, und zog sie hinab, so dass seine strammen Oberschenkel zum Vorschein kamen.

Als sie beide nackt waren, nahm er sie, hob sie hoch, und warf sie aufs Bett. Ja, so war es gut, das ging ja alles doch ziemlich schnell. Damit es in dem Tempo weiterging, stachelte sie ihn an: "Los, komm zur Sache, gib Vollgas!" Obwohl es von ihr alles andere als witzig gemeint war, musste Brian wegen ihrer Anweisungen lachen. Er drehte sie auf den Bauch, und stieg auf sie. Sie spürte, wie er zärtlich in sie eindrang, vorsichtig zustieß, immer wieder, und dann etwas energischer.

Die Hände hatte er seitlich neben ihrem Kopf auf das Bett gestützt.

Sie lagen aneinandergekuschelt nebeneinander und Brian streichelte ihren Oberkörper, als es plötzlich an der abgeschlossenen Zimmertür rappelte. "Brian!!", schrie Amber. "Komm raus, wenn da noch diese Verrückte bei dir ist. Die ist gefährlich!" Misty krabbelte aus dem Bett und begann, ihre Klamotten zusammenzusammeln. Sie zog sich in einer Geschwindigkeit an, die sie gar nicht von sich kannte. "Deine Schwester ist aber extrem schwierig drauf, das hat so keinen Zweck, ich geh dann mal." "Was ist denn hier los?", meinte Brian. "So kenne ich Amber ja gar nicht." "Wahrscheinlich hat sie nur schlecht geträumt", versuchte Misty die seltsame Situation zu erklären. "In ihrem Alter kriegen wir Mädchen manchmal 'nen kleinen Rappel."

Sie war jetzt fertig angezogen, und als sie die Tür aufschloss, fiel ihr die immer noch keifende Amber fast entgegen. Sie stieß das Mädchen brutal zur Seite, um möglichst schnell das Haus verlassen zu können. Schnell stürmte sie die Treppe hinunter, und hörte immer noch Amber herumschreien. Sie musste raus, nur noch so schnell wie möglich aus diesem Haus raus, denn sie hatte keine Lust, wieder nach Downhill zu kommen. Sie nahm ihre Rollerblades, die zum Glück noch immer da lagen, wo sie sie abgelegt hatte. Dann rannte sie los.

Sie saß wieder auf der Terrasse. Wenigstens kam sie hier zur Ruhe, da zum

Glück auch Joanne gerade nicht da war. Sie starrte aufs Meer und merkte wieder, dass es so ziemlich das Einzige war, was sie wirklich gut zur Ruhe bringen konnte, wenn es in ihrem Leben mal wieder so richtig drunter und drüber zuging wie im Moment.

Sie konnte nur hoffen, dass Joanne nicht irgendwann die Schnauze voll hatte von ihr und sie noch weiter bei sich wohnen ließ. Sie rief Patrick an, sie brauchte jetzt jemanden wie ihn, der ihr nichts übelnahm, und der scheinbar immer zu ihr hielt, egal, was sie auch wieder angestellt hatte. Weil er nicht dranging, schrieb sie ihm eine SMS: "Bitte komm' her, ich brauche dich." Sie schickte noch eine SMS mit Joannes Adresse hinterher.

Sie verließ das Haus durch den alten Geheimgang, der vom Haus direkt in die Dünen am Strand führte. Sie wusste auch nicht, warum sie heute Lust hatte, den alten, modrigen Gang zu benutzen. Ihr war einfach irgendwie danach. Sie hatte fast die Hälfte des Ganges durchquert, als sie plötzlich eine Ratte an der grauen Steinmauer entlangflitzen sah. Och, wie süß, schade, dass sie so schnell weg war, denn im Gegensatz zu den meisten Menschen mochte sie Ratten. Jetzt drang etwas Tageslicht in den Tunnel, da sie nicht mehr weit weg von dem Gitter war, das den Tunnel zu den Dünen begrenzte.

Am Ende des Tunnels angekommen, holte sie den Schlüssel aus der Hosentasche und öffnete das Vorhängeschloss. Sie schob das quietschende Gitter zur Seite und schlüpfte durch die Öffnung hindurch. Dann schob sie das Gitter wieder vor die Öffnung, denn man weiß ja nie, ob sich nicht einmal ein neugieriger Strandspaziergänger hierher verirrte, und dann auf einmal in Joannes Haus stand.

Weil es ihr gerade in den Sinn kam, machte sie sich auf den Weg zu Toms Strandbude. Es war zwar ein langer Fußmarsch, aber es war auch ein gutes Gefühl, einen Strandspaziergang mit einem konkreten Ziel zu machen. Sie zog wieder die Flip-Flops aus, und streifte beim Gehen mit den Füßen durch den Sand, als auf einmal ihr Handy vibrierte. Es war eine SMS von Patrick. "BIN AM HAUS! KEINER DA." Sie schrieb ihm sofort eine SMS zurück und beschrieb ihm den Weg zu Toms Strandbude, denn sie fand, es wäre ein ganz guter Treffpunkt.

Nach ungefähr zwanzig Minuten kam sie an Toms Strandhütte an, und ging an den Tresen, aber er war nirgendwo zu sehen. Sie beschloss, in der Bude auf ihn zu warten und kletterte über den Tresen. Er musste jeden Moment wiederkommen, da die Kaffeemaschine an war, und in dem kleinen Herd ein Kuchen gebacken wurde. Ein Pärchen in mittlerem Alter kam an den Tresen. "Einen Kaffee bitte und ein Wasser", bestellten sie, denn sie hielten sie wohl für die Betreiberin des Büdchens. "Geb' ich Ihnen gerne", entgegnete sie. "Sie müssen aber etwas Geduld mit mir haben, ich bin nur eine Vertretung." Sie lächelte sie mit entschuldigendem Grinsen an und goss

Kaffee in eine Tasse, die sie im Regal gefunden hatte. "Wo ist denn hier die Preisliste, verdammt nochmal?", redete sie mit sich selbst, und inspizierte das Innere des Büdchens.

Nachdem sie in drei Schubladen nachgeguckt, und nichts gefunden hatte, sagte sie kurzentschlossen : "Ach, geben Sie mir einfach zwei Dollar für den Kaffee und das Wasser, dann ist gut." In diesem Moment stand Tom auf einmal mit am Tresen. "Sag mal, willst du mich ruinieren? Einen Dollar für ein Getränk, hier am Strand von Malibu?", fragte er lachend.

Nachdem das Pärchen gegangen war, setzten sich die beiden nebeneinander an den Holztisch und schauten aufs Meer, wo in ihrem Blickfeld gerade eine weiße Yacht vorbeisegelte. "Wenn ich an sowas Interesse hätte, könnte ich mir so ein Bötchen auch kaufen", meinte Tom beiläufig.

Er hatte es so gesagt, dass es sich nicht angeberisch anhörte. "Aber sowas kostet doch garantiert mehrere Millionen", meinte Misty zweifelnd. "Ich hab dir doch erzählt, dass ich das Büdchen hier nur nebenbei betreibe, und durch meine Internetunternehmen ausgesorgt habe", erklärte er in erstaunlich bescheidenem Ton. "Du bist also Multimillionär", kombinierte Misty mit einem Hauch von Bewunderung in der Stimme. "Könnte man so ausdrücken, ja, ich hoffe, du hast kein Problem damit." Tom musste lachen, und sie stimmte mit ein, da seine fröhliche Art ziemlich ansteckend war. Toll, wie bescheiden und freundlich er geblieben war, trotz seines enormen Erfolgs, und alles andere als abgehoben oder arrogant. In einiger Entfernung sah sie eine sehr große und massige Person durch den Sand heranstapfen, es musste Patrick sein.

Tom und Patrick

Tom und Misty waren aufgestanden, und an den Tresen gegangen, um sich etwas zu trinken zu holen, als Patrick bei ihnen ankam. Er nahm Misty in den Arm. "Hallo Kleine", begrüßte er sie, dann wandte er sich Tom zu. Die beiden sahen lustig nebeneinander aus, denn Patrick wirkte doppelt so groß, und dreimal so kräftig wie Tom.

Misty stellte die beiden einander vor, aber dann tat Patrick etwas, mit dem sie gar nicht gerechnet hätte. "Du bist ja echt putzig klein für 'nen Mann, da war ich ja mit zwölf Jahren schon größer als du kleines Männchen", redete er ziemlich herablassend mit Tom. Das konnte doch nicht wahr sein, sah er Tom als Konkurrenten, den er einschüchtern wollte? "Dafür bin ich aber vielleicht schon beruflich etwas weiter als du", meldete sich Tom zu Wort. "Du gehst doch bestimmt noch zur Highschool." O weia, das nahm hier aber alles gar keinen guten Lauf. Die beiden würden sich doch jetzt nicht gegenseitig immer weiter provozieren. "Ja, da hast du vollkommen Recht, ich gehe noch zur Highschool", erwiderte Patrick in leicht verärgertem Ton. "Und weißt du, was ich an der Highschool mit großkotzigen, kleinen Zwergen wie dir mache? Ich benutze sie als Ball zum Werfen."

Kaum hatte er diese kindische Peinlichkeit ausgesprochen, griff er sich den kleinen, total überrumpelten Tom, hob ihn hoch und warf ihn in die Luft. Wenigstens ließ er ihn nicht fallen, sondern fing ihn wieder auf, bevor er auf dem Boden aufprallte. Misty, die ja selbst kein Unschuldslamm war, konnte es nicht fassen, dass Patrick gerade einen millionenschweren Internetunternehmer wie ein Spielzeug benutzte, und in der Gegend herumwarf.

"Hör sofort auf damit!", schrie sie, und hampelte um die beiden herum, um diesem peinlichen Treiben ein Ende zu bereiten. Patrick schien sie ernstzunehmen, denn er stellte Tom behutsam auf dem Boden ab. "Ich hole uns mal was zu trinken", stieß der kurz angebunden hervor und verschwand mit gerötetem Gesicht hinter dem Büdchen.

Misty und Patrick waren jetzt alleine, und sie nutzte die Gelegenheit, ihn ordentlich zusammenzustauchen. Wie ein Schuljunge, der wegen einer Dummheit zum Direktor musste, stand er vor ihr. "Patrick, wir sind hier nicht in der Highschool, wo alles nach deinen Regeln läuft. Wir sind hier im realen Leben, und da muss man sich etwas anders benehmen." Der so gescholtene, dumme Schuljunge schaute kritisch zu ihr hinab: "Toll, dass du mir einen Vortrag über das Einhalten von Regeln hältst, du bist ja absolute Expertin, Mrs. Einbrecherin, Mrs. Knastinsassin." Misty fehlten plötzlich die Worte, sie war sprachlos, aber Patrick hatte seine für ihn erstaunlich schlagfertige Antwort so trocken und witzig rübergebracht, dass auf einmal ein Damm in ihr brach, die Spannungen der letzten Zeit fielen von ihr ab und ein Lachen und Prusten brach los, das sie selbst überraschte.

Vor Lachen taumelnd ließ sie sich gegen Patrick fallen, der sie auffing und sogar von ihr angesteckt etwas mitlachen musste. Das Lachen und seine Umarmung, denn er hatte die Gelegenheit genutzt, seine Arme um sie zu schließen, taten ihr gut, wie sie sich eingestehen musste. Sie ließ sich in den Sand fallen, Patrick setzte sich hinter sie, und zog sie an sich. Sie lehnte sich bequem an ihn.

Schon heftig, wie schnell sich Anspannung und Spannung bei ihr abwechselten. Joanne hatte ihr ja schon einmal gesagt, dass sie sich wegen ihrer starken Stimmungsschwankungen und verrückten Aktionen ärztliche Hilfe holen sollte. Auch Dr. Roodings aus Downhill hatte sie kurz vor ihrer Entlassung dringend dazu ermahnt. Vielleicht sollte sie das wirklich mal machen, aber nicht jetzt, jetzt wollte sie erstmal das Leben genießen. Patrick riss sie aus ihren Gedanken: "Ich wollte gleich nochmal nach dem Haus von Mrs. Ernesto gucken, ob da alles in Ordnung ist. Du weißt ja, dass ich den Job da angenommen habe." "Ja klar, ich komme gerne mit", willigte sie ein. "Aber ich frage Tom, ob er auch mitkommen will, ich möchte ihn nicht ausschließen."

Patrick war zwar nicht gerade begeistert davon, Tom mitzunehmen, aber nachdem sie ihm klargemacht hatte, dass er noch etwas wegen seiner blöden Wurfaktion gutzumachen habe, hatte er Tom dann sogar persönlich eingeladen, zum Haus mitzukommen. Sie fuhren mit Toms Auto hin, es war ein geräumiger BMW, der sehr komfortabel war. Das Anwesen von Mrs. Ernesto lag am Ende einer Privatstraße. Es lag ähnlich wie Joannes Häuschen oberhalb des Meeres und verfügte über einen atemberaubenden Blick. Es war allerdings mindestens viermal so groß wie Joannes Zuhause, und auch um einiges luxuriöser eingerichtet.

Sie saßen zu dritt am Pool, und genossen die abendliche Stimmung. "Ist ja wirklich schön hier, aber absolut tote Hose. Lass uns doch noch ein, zwei Leute einladen und etwas zu essen kommen", meinte Misty. Sie postete eine Einladung auf Facebook.

Nach einer halben Stunde kamen die ersten Gäste, es wurden aber immer mehr. "Hallo Wendy, du auch hier?" Misty hatte Wendy am Buffet entdeckt, sie griff sich gerade einige Snacks vom Fingerfood. "Ja", antwortete die nur knapp. Ihr war es wohl peinlich, mit vollem Mund zu reden. Sie machte eine rudernde Handbewegung, durch die Misty erkannte, dass sie erstmal in Ruhe zu Ende kauen wollte. Plötzlich zog Tom sie am Ärmel. "Misty, ich muss mit dir sprechen, es ist vielleicht wichtig."

Misty war fassungslos, nachdem Tom ihr erzählt hatte, was er erfahren hatte, als er zufällig Wendys Handy-Telefonat belauscht hatte. Dieses verdammte Miststück hatte doch tatsächlich erst mit Hilfe von Facebook dafür gesorgt, dass eine enorme Anzahl an Partygästen hier aufgetaucht waren, und hatte dann noch ein Fernsehteam und eine Boulevardzeitung eingeladen.

Mittlerweile platzte das Haus aus allen Nähten. Patrick, Tom und sie selbst kämpften an den verschiedenen Fronten. Sie hatten ausgemacht, dass Patrick versuchen sollte, die Partygäste daran zu hindern, in die obere Etage vorzudringen, wo sich Mrs. Ernestos Schlafräume befanden. Tom versuchte, draußen am Pool die Lage im Griff zu behalten, und sie hielt das Buffet im Auge.

In einiger Entfernung sah sie, wie Wendy auf Partygäste einredete. Als einige von ihnen "Misty, Misty" riefen, realisierte sie, dass Wendy tatsächlich die Leute anstachelte. Sie musste unbedingt Patrick finden und ihm sagen, er solle die Frau rauswerfen. Doch es schien schon zu spät zu sein: Die Rufe wurden immer lauter: "Misty, Misty!!!!!" Auf einmal bildete sich um sie herum ein ganzes Rudel, das sie hochhob, so dass sie auf einem Teppich von Händen lag. "Tragt sie zum Pool!!!!!! Schreit lauter!!", hörte sie Wendys Stimme im Befehlston.

Die Meute trug sie allen Ernstes durch den riesigen Wohnraum in Richtung Terrassentür. Da sie wie ein Brett leicht schräg auf den nach oben gestreckten Händen lag, ging ihr Blick nach oben, und fiel unweigerlich auf das gigantische Ölgemälde, dass Mrs. Ernestos Gesicht darstellte, und ihr strenger Blick schien genau auf Misty gerichtet zu sein.

Sie waren inzwischen draußen angekommen, in weiterer Entfernung waren Sirenen zu hören, und in diesem Moment

111

landete Misty im Pool.

Misty wird bekannt

Irgendjemand hatte einen Lokalfernsehsender auf dem Flachbildfernseher eingeschaltet. Misty saß davor, und konnte ihren Augen nicht trauen. Es lief immer wieder der gleiche Bericht. Es musste vor ungefähr einer halben Stunde vor dem Grundstück aufgenommen worden sein.

Die Reporterin machte einen aufgeregten und emotionalen Eindruck: "Wir sind hier vor dem Anwesen der Kaffee-Erbin Anita Ernesto. Die durch mehrere Einbrüche bekannt gewordene "Stalking Misty" hält mit einer riesigen Partymeute das Haus besetzt. Die Polizei soll angeblich auf dem Weg hierher sein. Auch Anita Ernesto soll inzwischen informiert worden sein." Der Bericht wurde unterbrochen und es war ein anderer Einspieler zu sehen. Es waren wackelige Handybilder, die zeigten, wie Misty, getragen von mehreren Partygästen, in den Pool geschmissen wurde. In einem weiteren Einspieler war zu sehen, wie einer der Tische vom Buffet, voll beladen mit dem Essen der Catering-Firma, im Pool landete. Das reichte ihr, denn das war mehr, als sie ertragen konnte.

Nachdem sie überprüft hatte, dass ihr Bademantel gut verschlossen war, stand sie vom Sofa auf. Es war ihr wichtig, nicht halbnackt herumzulaufen. Wenn hier noch weitere Leute filmten, war die Gefahr groß, dass noch mehr peinliche Aufnahmen von ihr im Fernsehen und Internet auftauchten. Mit energischen Handbewegungen bahnte sie sich einen Weg vom Sofa in Richtung Treppe.

Neben ihr wurde so heftig gefeiert, dass aus einer Flasche Bier auf sie floss. "Passt doch auf, ihr verdammten Schweine!", schrie sie, mit den Nerven vollkommen am Ende. Als ein weiterer Schwall Bier auf ihr landete, schlug sie dem vermeintlichen Übeltäter brutal ins Gesicht. Sie rempelte sich zur Treppe durch und bahnte sich einen Weg durch die Leute, die auf der Treppe saßen. Oben stand Patrick noch Wache. "Bring mich in eins der Schlafzimmer, ich muss aus diesem Horror raus." Er legte seinen Arm um sie und führte sie in ein Schlafzimmer, das aber nicht in Frage kam, weil es von irgendjemandem vollgekotzt war. "Als ich kurz auf Toilette war, haben sich wohl welche hier reingeschlichen", brachte Patrick zu seiner Entschuldigung vor.

Weil ihr das eindeutig zu widerlich war, drängte sie ihn hinaus. "Wo gibt's hier noch ein Schlafzimmer?" Patrick führte sie ins Zimmer nebenan. Am Treppenabsatz tauchten zwei Jungs mit Bierflaschen auf. "Macht euch hier weg!", herrschte Patrick sie an, und schubste sie so, dass sie fast die Treppe runtergeflogen wären.

Auf der Flucht

Die Bushaltestelle war unübersichtlich, da sie groß war, zusätzlich durch alte Gebäude durchtrennt, so dass sie in mehrere Bereiche aufgeteilt war. Als Misty zwei Polizisten sah, zog sie sich in einen hinteren Abschnitt des Busbahnhofs zurück. Sie stieg in den nächsten Bus ein, der kam. Sie hatte gesehen, dass er nach Las Vegas fuhr. Gott sei Dank hatte sie im Schlafzimmer von Mrs. Ernesto die 80000 Dollar gefunden. Die mussten erstmal genügen. Sie wusste aber leider nicht, wie lange das Geld reichen musste, da ihr nicht klar war, wie lange sie untertauchen würde.

Nachdem sie das Ticket direkt beim Fahrer gekauft hatte, stieg sie wieder aus, denn der Bus würde erst in gut zwei Stunden losfahren. Sie bummelte durch ein, zwei kleine Seitenstraßen und schaute nach einem Café, in dem sie sich stärken konnte. In Las Vegas würde sie sich erstmal ein extrem teures Dinner gönnen, als Belohnung, dass sie es bis dahin geschafft hatte, falls sie es überhaupt bis dahin schaffte und nicht vorher von den Cops aus dem Bus geholt werden würde.

Schluss jetzt damit, sie musste positiv denken, um mit der Situation klarzukommen. Denk' positiv, redete sie sich selber ein, denk' positiv. Ihre Denkweise schien sich schon auszuzahlen: Auf der gegenüberliegenden Straßenseite sah sie eine kleine Snackbar. Es war zwar kein Café, aber in einer Snackbar konnte sie sich auch die zwei Stunden, die es noch bis zur Abfahrt dauerte, rumdrücken.

"Was kann ich für dich tun? Erst vielleicht mal 'nen heißen Kaffee?" Die Bedienung machte einen freundlichen Eindruck und war recht korpulent, als sei sie selbst ihr bester Kunde. Miste überflog kurz die Speisekarte, die in Form eines Papieruntersetzers vor ihr auf dem Tisch lag. "Ich hätte gern die Chickenwings mit Kartoffelbrei und Röstzwiebeln und eine Cola mit Eiswürfeln", bestellte sie. "Und als Vorspeise einen Kaffee." Sie lächelte die Kellnerin an, denn sie war seit dem verrückten Partyabend in Mrs. Ernestos Haus der erste Mensch, mit dem sie eine normale Unterhaltung führte, auch wenn es nur eine Essensbestellung war.

Sie verließ nach knapp eineinhalb Stunden die Snackbar und schaute nervös auf die Uhr. Sie hatte sich mit der netten Kellnerin, die sich als Darleen vorgestellt hatte, etwas verquatscht und hatte leichte Panik, den Bus nicht mehr rechtzeitig zu erwischen. Sie ging daher jetzt beinahe im Stechschritt und wäre fast in eine Mutter und ihr Kind hineingerannt, die überraschend aus einem Hauseingang gekommen waren. Sie hatte den Impuls, der Mutter einen Spruch reinzuwürgen, verkniff es sich aber, da ihr ja klar war, dass sie momentan auf keinen Fall negativ auffallen durfte.

Nach kurzer Zeit kam sie dann am Bus an,
der noch nicht abgefahren war, sondern
schön brav auf sie gewartet hatte. Sie zeigte
dem Fahrer nochmal ihr Ticket, ging dann
den Gang entlang, und setzte sich schließlich
in eine der hinteren Reihen ans Fenster. Weil
sie während der Fahrt ihre Ruhe haben
wollte, brachte sie ihre Reisetasche nicht im
Fach über ihrem Sitz unter, sondern stellte
sie auf dem Sitz neben sich ab, damit sich
auch ja keiner dort hinsetzte. Sie war froh,
dass jetzt erst einmal alles geregelt war und
döste den Umständen entsprechend
entspannt ein. Als sie sich dann irgendwann
aus ihrem Dösen aufraffte und halbwegs
wach war, schaute sie aus dem Fenster, und
stellte fest, dass sie schon mitten in der
Wüste zwischen Los Angeles und Las Vegas
waren.

Es klingelte an ihrer Zimmertür,
wahrscheinlich war es die Putzfrau,
Zimmerservice gab es in diesem Billig-Hotel
nämlich nicht. Sie öffnete die Tür, davor
stand ein kleiner, sehr kräftiger Mann, der
eine Sonnenbrille und eine Baseballkappe
trug. "Was möchten Sie?", fragte Misty ihn,
und erschrak bis in die Knochen, als er ihr
wortlos einen FBI-Ausweis vor die Nase hielt.
War ihre Flucht an diesem Punkt schon zu
Ende, war jetzt alles aus, musste sie wieder
nach Downhill oder vielleicht sogar in einen
schlimmeren Knast? Diese Gedanken
schossen ihr durch den Kopf, und sie
stammelte nur: "Sie müssen sich in der
Zimmertür geirrt haben."

Dann schmiss sie dem Kerl die Tür vor der

Nase zu. Während sie wie im Fieber die Tür verriegelte, ertönte draußen eine ihr wohlbekannte Stimme: "Ich bin es, Patrick, war doch nur ein kleiner Scherz." Sie stand regungslos da, dann realisierte sie die Situation, und die Panik und Anspannung, die der Fake-FBI-Ausweis ausgelöst hatte, fiel von ihr ab. Sie öffnete zaghaft die Tür und davor stand jetzt tatsächlich Patrick, Sonnenbrille und Baseballkappe in der Hand haltend. "Du altes Arschloch!!!!", schrie sie und trommelte wie wild mit ihren kleinen Fäusten auf Patrick ein. Der ließ sich das kurz gefallen, griff dann aber fest ihre Arme. "Ist ja gut, alles gut, beruhig' dich langsam wieder etwas." Nachdem sie ausgiebig auf ihn eingedroschen hatte, kam sie wieder zu sich.

Ihr wurde klar, dass es wirklich nur ein dummer Scherz gewesen war und er aber hierhergekommen war, um sie zu unterstützen. Und dafür war sie ihm einfach nur wahnsinnig dankbar und fiel ihm in die Arme. Ihr tat es gut, in seinen zugegebenermaßen sehr starken Armen zu liegen, und sie schaute mit einem Gefühl der Beschütztheit und des Zuhauseseins zu ihm auf. "Wie hast du das gemacht, dass du so klein ausgesehen hast? Hast du dich hingekniet und die Schuhe vor deine Knie gestellt, um wie ein Zwerg auszusehen?" Er grinste: "Ganz genau, gut beobachtet, kleine Ausreißerin."

Misty seufzte: "Wär das schön, wenn ich nur 'ne kleine Ausreißerin wäre, dann hätte ich nur halb soviel Probleme an der Backe."

Patricks Gesichtsausdruck wurde wieder ernster: "Ja, leider bist du einiges mehr als eine Ausreißerin." "Mir ist klar, was ich alles bin", unterbrach sie ihn: "Eine Stalkerin, eine Einbrecherin, eine Diebin ... habe ich noch etwas vergessen?" Er schüttelte wortlos den Kopf.

Der Pool im Außenbereich war für so ein kleines Hotel ziemlich großzügig angelegt, nur an ein paar Stellen an der Außenumrandung waren ein paar der winzigen, blauen und türkisen Mini-Fliesen abgeplatzt. Ansonsten war er sehr gepflegt und sauber. Für Misty war er schon am ersten Tag zum Lieblingsplatz geworden. Sie nutzte die ruhige Abendzeit, um ein paar Bahnen zu schwimmen.

Außer ihr war nur noch eine ältere Frau da, die hauptsächlich auf dem Rücken vor sich herschwamm. Misty war so vertieft ins Schwimmen, dass sie ganz überrascht war, als sie zwischendurch einmal aufsah, und plötzlich Patrick am Beckenrand stehen sah. Plötzlich ging er ein paar Schritte zurück, nahm Anlauf und sprang hoch in die Luft. Er schrie: "Arschbombe!!", winkelte die Beine an, umklammerte sie mit den Händen, und klatschte wie eine Bombe ins Wasser. Unglücklicherweise war er kurz vor der älteren Frau ins Wasser gesprungen, so dass eine riesige Wasserfontäne auf sie schwappte, was sie zum Ausflippen brachte: "Pass' doch auf, du Riesen King Kong, ich hol' den Hoteldirektor!!"

Das war zu viel, jetzt ging gar nichts mehr, die Frau musste ihr Maul halten, und Misty wusste schon, wie sie das erreichen konnte. Sie schwamm auf die wütende Frau zu und schüchterte sie ein: "Halt dein Maul und lass' uns in Ruhe!" "Du freche Göre!", entgegnete die Frau aufgebracht, und musterte Misty genau. "Du siehst ja aus wie diese **Stalking Misty**, die von der Polizei gesucht wird, die aus dem Fernsehen." Sie guckte Misty auf einmal mit großen Augen an und war plötzlich ganz still. Misty war klar, dass die Frau sie erkannt hatte und Panik brach in ihr aus. "Patrick!", schrie sie, "komm sofort hierher!" Als er an sie herangeschwommen war, klammerte sie sich an ihn und flüsterte ihm ins Ohr: "Sie hat mich erkannt, wir können sie jetzt nicht mehr gehenlassen."

In einem Ton, der keinen Widerspruch duldete, befahl sie ihm: "Bring sie auf mein Zimmer!!"

Sie hatte Patrick gut im Blick, und beobachtete genau, wie er mit der Frau umging. "Halt ihr das Maul zu, ich werde den Leuten, die uns auf dem Weg ins Zimmer begegnen, erzählen, dass sie einen epileptischen Anfall hatte und unter Kontrolle gebracht werden muss." Nach kurzem Zögern tat er, was sie wollte. Er hatte die Frau schon festgehalten, und presste ihr jetzt noch seine riesige Pranke auf den Mund. Sie hatte die Augen weit aufgerissen und gab dumpfe Laute von sich, konnte sich aber nicht mehr äußern.

Auf dem Weg zum Zimmer kam ihnen nur ein Pärchen entgegen, das aber verliebt herumalberte, und nur mit sich selbst beschäftigt war. Als sie kurz im Vorbeigehen aufschauten, meinte Misty: "Sie hat ihre Medikamente nicht genommen, ist nur ein kleiner epileptischer Anfall, ist gleich wieder vorbei." Das schien für sie eine ausreichende Erklärung zu sein, denn sie nickten ihnen nur kurz freundlich zu, besprachen dann ihre Abendplanung, und verließen den Flur.

Misty schaute nervös in ihrer Reisetasche nach, sie durchsuchte jedes Fach, das Chloroform musste doch da sein, sie hatte es meist dabei, wenn sie in Häuser einstieg, für den absoluten Notfall. Und dieser Notfall war jetzt leider in Gestalt dieser nervigen Alten eingetreten.

Da, endlich hatte sie es gefunden, sie nahm das Fläschchen und ging damit ins Bad. Ungeduldig riss sie einige Streifen Klopapier ab, zerknüllte sie, und formte eine kleine Kugel daraus. Sie öffnete das Fläschchen, und träufelte hastig etwas von dem Teufelszeug darauf. Die Frau war jetzt lauter zu hören, hatte Patrick sie nicht mehr im Griff? Sie stürmte zurück aus dem Bad ins Zimmer und dückte der in Patricks Armen herumzappelnden Frau die Chloroform-Kugel unter die Nase. Es wirkte sofort, und die Frau war ruhig.

In Las Vegas

Die riesigen Themenhotels machten einen atemberaubenden Eindruck. Misty genoss die pulsierende Atmosphäre um sie herum. Überall blinkte und glitzerte es durch die viele Reklame, die von den monumentalen Gebäuden zu ihr herabstrahlte. Wenn in ihrem Hotelzimmer keine gefesselte und geknebelte Frau gelegen hätte, hätte sie sich wie eine Touristin gefühlt und Las Vegas in vollen Zügen genießen können.

"Lass' uns mal ins *Goldnugget Hotel* gehen", riss Patrick sie aus ihren trüben Gedanken. Misty blickte auf, und machte vor sich einen breiten Hotelturm aus, der vor allem durch die Farbe Gold hervorstach. "Ok, bin ich dabei", antwortete sie und versuchte ungezwungen und fröhlich zu erscheinen, denn sie wollte bei allen Schwierigkeiten diese tolle Stadt mit Patrick genießen. "Ich hab sowieso einen gigantischen Hunger, hoffentlich haben die ein gutes Restaurant."

Mit einigen anderen Menschen, die sich auch durch das Hotel angezogen fühlten, liefen sie die weiten, mit viel Gold ausgestatteten Gänge hindurch und merkten schnell, dass es nicht nur ein Restaurant gab, in dem man gut essen konnte, sondern gleich mehrere. Patrick guckte sie ratlos an. "Da weiß man ja gar nicht, für welches man sich entscheiden soll." Sie standen jetzt vor einem chinesischen Edel-Buffet-Restaurant und Misty fällte die Essens-Entscheidung: "Wir gehen jetzt da rein, sonst wird das heute nichts mehr." Sie zog ihren großen Begleiter mit in den Eingangsbereich des China-Restaurants. "Willkommen, für wie viele Personen möchten Sie einen Tisch?", war auf einmal ein piepsiges Stimmchen zu hören.

Nachdem sie sich den Magen vollgeschlagen hatten, verließen sie satt und zufrieden das Restaurant.

Sie waren wieder in der Nähe von Mistys Hotel angekommen. "Ich hab Angst, dass die Cops da drinnen auf mich warten", seufzte Misty. "Ich gehe rein, und checke die Lage, wenn alles ok ist, hole ich dich, wenn ich nach 'ner halben Stunde nicht rauskomme, ist was oberfaul oder sie haben mich geschnappt, dann verschwindest du." "Nein, wir machen das anders", widersprach Misty.

Sie musste ihrem riesigen Kumpel widersprechen, da sie das Gefühl hatte, bei den großen, unübersichtlichen Themenhotels sicherer zu sein und im Notfall besser untertauchen und verschwinden zu können. "Wenn du in zwei Stunden nicht in diesem kleinen Café direkt neben dem China-Restaurant vom *Golden Nugget* auftauchst, weiß ich, dass die Cops da waren, dann sehen wir uns zu Hause wieder", ordnete sie an. "Oder ich finde dich wieder unter meinem Bett", meinte Patrick grinsend, aber Misty merkte trotzdem, dass er auch sehr nervös war, genau wie sie. Sie umarmten sich, trennten sich dann und Misty lief wieder in Richtung Strip.

Der Poolbereich war eine Welt für sich, die Wasserfläche war lagunenartig angelegt, und es gab sogar einen Strand aus echtem Sand. Wie gern hätte sie das alles hier zusammen mit Patrick genossen, aber er war jetzt wahrscheinlich in Schwierigkeiten, und das nur wegen ihr. Was sollten wieder diese negativen Gedanken? Weg damit, weg. Grübeln konnte sie noch, wenn sie alt und grau war, sie wollte trotz allem auch ihr Leben mal genießen, und wo konnte man das besser als hier?

Sie hatte einen gut aussehenden Mann, bepackt mit dicken, fetten Muskeln am aufgeschütteten Strand gesehen, den würde sie sich schnappen. Wenn sie ihn einlud, würde er vielleicht mit ihr feiern gehen, genügend Geld hatte sie ja dank Mrs. Ernesto.

Der Mann, den sie einfach angesprochen hatte, war nett und zugänglich und hieß Nico.

Ihr Zimmer hatte einen übergroßen Balkon, auf dem sie jetzt in einem Liegestuhl in der Sonne relaxte. Für die nächsten Tage hatte sie sich ein sehr komfortables Zimmer im *Golden Nugget* geleistet, das 150 Dollar die Nacht kostete. Und heute Abend würde sie mit Nico den hoteleigenen Club ausprobieren.

An der Rezeption hatte sie erfahren, dass ein weltbekannter DJ in der Hoteldisco auflegte. Sie wählte die Nummer des Zimmerservice und eine Stimme meldete sich: "Zimmerservice Golden Nugget." "Einen Kaffee, ein Clubsandwich und eine Cola mit

Eis bitte", bestellt Misty. Die Hotelangestellte am anderen Ende der Leitung antwortete lachend: "Wollen Sie dann erst die eisgekühlte Cola trinken, und den Kaffee kalt werden lassen, oder erst den Kaffee, und das Eis in der Cola schmelzen lassen?" Auch Misty musste lachen, das war das erste Mal, dass sie hier in dem anonymen Hotel mit jemand Fremden ein persönliches Wort austauschte - und etwas zu lachen hatte. Nein, nicht ganz, Nico hatte sie ja auch schon kennengelernt.

Es klingelte an der Zimmertür und Misty, die schon gespannt darauf gewartet hatte, lief zur Tür und öffnete. Eine junge Frau stand mit einem Tablett in der Hand vor der Tür und lächelte. "Zimmerservice, hallo." Misty erkannte die Stimme gleich wieder und freute sich, dass das nette Mädchen, das so freundlich am Telefon gewesen war, auch selbst die Bestellung brachte. Sie kam auf die Idee, das Mädchen zu bitten, ihr für ein sehr großzügiges Trinkgeld zu ermöglichen, in Nicos Zimmer zu kommen, denn sie wollte unbedingt unter sein Bett.

Die junge Hotelangestellte hatte sich als Lisa vorgestellt. Misty nötigte sie, sich mit ihr in die Sofaecke zu setzen. "Du, Lisa", kam sie sofort zur Sache. "Hier im Hotel wohnt ein echt süßer Typ. Könntest du mir so eine Chipkarte geben, mit der ich in sein Zimmer komme?" Lisa war sprachlos, sie schien richtig geschockt zu sein, dass sie so etwas von ihr verlangte. "Aber, ... aber ... ähm ... das geht doch nicht", stammelte sie.

Weil sie auf so eine Reaktion schon

vorbereitet war, hatte Misty tausend Dollar zurechtgelegt, die sie jetzt vor Lisa auf das kleine Tischchen legte. "Ich geb' dir tausend Dollar, wenn du mir mit der Chipkarte hilfst." Lisa zögerte und Misty merkte, wie sehr das nette Mädchen mit sich rang. Bestimmt verdiente sie nicht gerade viel als Hotelangestellte, und könnte sicher das Geld gut gebrauchen, andererseits hatte sie vielleicht auch Angst, mit so einer Aktion ihren Job zu riskieren. Deshalb legte sie noch weitere tausend Dollar vor Lisa auf den Tisch. "Ich geb' dir zweitausend Dollar, das war's dann aber, mehr geht nicht." "Ok", willigte Lisa ein. "Ich mache es, ich bringe dir heute Abend die Karte."

Sie machte ein nachdenkliches Gesicht, das sich aber plötzlich aufhellte. "Ich weiß auch, wie wir es machen", sagte sie. "Du rufst heute Abend wieder beim Zimmerservice an und bestellst dir was. Ich bring' dir dann das Essen und die Karte." "Super, echt genial", rief Misty. "Dann fällt es keinem auf."

Der Pool war jetzt schön leer, und Misty genoss die ruhige Atmosphäre der Abendstunden. Sie tauchte unter und schwamm so lange unter Wasser, wie sie konnte. Wie gern wäre sie ein Fisch, der im gigantischen Ozean schwimmen konnte. Beim Gedanken an Fische bekam sie Appetit auf ein leckeres Abendessen und beschloss, für heute das Schwimmen zu beenden, und sich ein tolles Restaurant zu suchen. Da sie ja in Las Vegas war, der Stadt, die inzwischen auch bekannt war für seine gehobene und vielfältige Gastronomie, und außerdem gerade über sehr viel Bargeld verfügte, wollte sie ein eher teures Restaurant wählen. Außerdem war ihre Zeit in dieser traumhaften Stadt ja sowieso bald abgelaufen, da man sicher nach ihr suchen würde, falls diese blöde Alte, die sie erkannt hatte, die Cops informiert hatte.

Da sie sich nach dem Schwimmen zügig angezogen hatte, war noch genügend Zeit, um sich in einer der edlen Boutiquen ein schickes Outfit für den Restaurantbesuch zuzulegen. Sie bummelte durch die Einkaufspassage und kam sich fast vor wie auf dem Rodeo Drive in Beverly Hills. Sie betrat die Boutique *Nicolette's* und bestaunte die exklusive Damenmode. Sie hatte im Hintergrund eine Verkäuferin gesehen, die aber auch nach mehreren Minuten nicht zu ihr kam, obwohl sie die einzige Kundin war.

Sie ging zu der Verkäuferin, die aussah wie eine dieser Nachrichtensprecherinnen, nur noch etwas edler gekleidet. "Könnten Sie mir bitte helfen?", wendete sich Misty an die Frau. "Ich möchte gerne heute Abend schick essen gehen, und habe gar nichts Passendes zum Anziehen für solch ein Edel-Restaurant." Die Dame, die laut ihres Namensschildchens Evelyne hieß, musterte sie von oben bis unten. "Ich glaube nicht, dass wir das Passende für dich hier haben", bemerkte sie in einem kühlen Ton. "Doch, das glaube ich schon", entgegnete Misty. "Ich habe mich schon etwas umgesehen und einiges in meiner Konfektionsgröße gefunden."

Evelyne schaute etwas peinlich berührt.

"Du hast mich, glaube ich, nicht ganz richtig verstanden, Mädchen." Irgendwie gefiel Misty die Art nicht, wie Evelyne mit ihr sprach. Doch die setzte noch einen drauf. "Wir sind ein Geschäft für Damenmode im Luxusbereich. Ich glaube nicht, dass wir etwas in deiner Preisklasse führen." Krach, Bumm, das hatte gesessen, Misty fühlte sich, als hätte Evelyne ihr mit einem Vorschlaghammer auf den Kopf gehauen.

Sie war so perplex, dass sie vollkommen sprachlos war. Sie fühlte sich von dieser arroganten Kuh behandelt, als wäre sie der letzte Dreck, als wäre sie ein Häufchen Scheiße. "Ich glaube, du bist hier im falschen Geschäft", flötete Evelyne und wollte ihr mit dieser Bemerkung wohl den finalen Todesstoß versetzen, aber da war sie bei ihr an der falschen Adresse, das letzte Wort würde ganz bestimmt sie haben, auch wenn es bis dahin noch etwas dauern würde. "Dass ich hier im falschen Geschäft bin, glaube ich inzwischen auch", entgegnete Misty in einem derart unterkühlten Ton, als könnte sie Eiswürfel pinkeln. "Vielleicht sieht man sich ja später nochmal. Bye Bye." Sie winkte zum Abschied übertrieben affig, und stolzierte aus dem Geschäft hinaus.

Nachdem sie in anderen Luxusboutiquen ausgiebig geshoppt hatte, in Las Vegas gab es ja schließlich mehr als genug davon, und einen Teil ihrer Einkäufe bereits angezogen hatte, stattete sie der Boutique *Nicolette's* mit ihrer 'Lieblingsverkäuferin' Evelyne noch einen Besuch ab. Diesen kleinen Spaß wollte und konnte sie sich einfach nicht verkneifen.

Misty lugte durch den Eingang ins Geschäft. Verdammt, Evelyne hatte noch eine andere Kundin, egal, dann würde sie einfach noch etwas warten.

Sie schaute sich die Schaufenster des benachbarten Geschäfts an und sah dann aber, dass die andere Kundin die Boutique verließ. Das war ihre Gelegenheit, möglichst elegant versuchte sie mit den ihr ungewohnten High Heels im Wert von achthundert Dollar ins Geschäft zu stöckeln, knickte aber um, kurz bevor sie Evelyne erreichte, und wurde von ihr aufgefangen. "Hoppla, meine Liebe", säuselte die Verkäuferin auf einmal ganz freundlich. "Wie kann ich Ihnen behilflich sein?"

Misty wurde klar, dass Evelyne sie nicht wiedererkannt hatte. "Ich bin es, das Mädchen, dem Sie vor einer Stunde klargemacht haben, im falschen Geschäft zu sein." Sie streckte der Verkäuferin in übertriebener Weise das Gesicht entgegen. "Na, erkennen Sie mich wieder? Klingelt's jetzt bei Ihnen?" Der Verkäuferin klappte förmlich der Unterkiefer nach unten, und sie wurde kreidebleich. "Ich hab dann doch noch ein paar richtige Geschäfte für mich gefunden", sagte Misty in gespielt gelangweiltem Ton. "Dort bin ich sehr gut und höflich bedient worden, und hab sicher ... lassen Sie mich schätzen ... so mindestens um die achttausend Dollar ausgegeben."

Evelyne fehlten noch immer die Worte, und ihr Gesicht schien wie eingefallen zu sein. "Evelyne", sagte Misty, während sie kurz auf das Namensschildchen guckte. "So heißen sie doch, oder?" Die Verkäuferin nickte nur, immer noch sprachlos. "Sie werden doch sicher auf Provisionsbasis bezahlt, oder?" Misty erwartete gar keine Antwort und machte weiter. "Dann haben Sie sich ja heute einiges durch die Lappen gehen lassen, das tut mir leid. Ich muss dann jetzt auch leider gehen."

Sie wendete sich ab, und steuerte auf den Ausgang zu, drehte sich dann aber doch nochmal um und ging zu der Verkäuferin zurück. "Ich hab vergessen, Ihnen noch etwas ganz Tolles zu zeigen. Sie streckte der Verkäuferin ihren Mittelfinger, an dem ein Brilliantring blinkte, so entgegen, dass er wie ein Stinkefinger genau vor ihrem Gesicht emporragte. "Hab ich auch noch gekauft, viertausend Dollar, aus der nagelneuen Schmuckkollektion namens '**FUCK YOU!**' Evelyne schien auf einmal Schnappatmung zu haben. "Das ist doch ... das kann doch nicht ..."

In Nicos Zimmer

Es war für sie sehr ungewohnt, in so einem Kostüm herumzulaufen. Aber interessant war es auf jeden Fall, denn sie wurde besser und respektvoller behandelt als sonst, wenn sie in ihrem normalen Teeny-Outfit unterwegs war. Aber es fühlte sich für sie auch eher wie eine Verkleidung an. Sie warf einen Brief für Joanne in einen Briefkasten und einen an Michelle. Sie hatte einen Großteil von Mrs. Ernestos Geld hineingetan. Sie wollte so etwas von dem Geld in Sicherheit bringen, Joanne und Michelle gehörten zu den wenigen Menschen, denen sie vertraute.

Nachdem das erledigt war, ging sie zurück ins Hotel und machte sich auf zu Nicos Zimmer. Sie klopfte, und als niemand öffnete, steckte sie die Karte in die Vorrichtung neben der Tür. Mist, sie war zu aufgeregt, es klappte nicht.

Nachdem sie es erneut versuchte, sprang die Tür auf, und sie schlich wie eine Diebin ins Zimmer.

Es kam ihr so vor, als hätte sie noch nie so lange unter einem Bett gewartet, wie jetzt unter Nicos Bett. Sie hoffte, dass sich ihre Geduld wenigstens richtig auszahlen würde, und dass noch etwas Spannendes passierte. Sie vernahm, wie die Tür des Hotelzimmers geöffnet wurde. "Ach Schatz", hörte sie Nico sagen, "fast das ganze Geld verspielt." "Wie viel ist denn noch übrig? Es kann ja wohl nicht alles weg sein, sonst wird mein Daddy richtig sauer", sagte eine Frauenstimme. "Von den hunderttausend Dollar Spielgeld sind vielleicht noch fünfundvierzigtausend da, knapp die Hälfte." "Die verspielen wir aber nicht mehr. Tu die jetzt mal direkt in den Safe." "Gleich Baby, erst zusammen duschen, dann Sex, dann Geld in den Safe, das ist doch wohl der perfekte Plan." "Wie du meinst."

Misty hörte, dass im Bad die Dusche angestellt wurde, aber einer der beiden war noch im Zimmer und kramte am Schrank herum. Kurze Zeit später wurde die Badezimmertür zugezogen, und außer der Dusche war nichts mehr zu hören.

Ende der Flucht

Das war die Gelegenheit, um an noch mehr Geld zu kommen. Ihr Einkaufsbummel, um Evelyne zu ärgern, war ziemlich ausgeartet, und außerdem konnte man Geld ja schließlich nie genug haben, besonders wenn man sich gerade auf der Flucht befand. Sie musste jetzt zuschlagen, denn wenn die beiden erstmal aus der Dusche raus waren und über ihr auf dem Bett Sex hatten, wäre es zu spät, um sich an das Geld ranzuschleichen, und sich damit aus dem Staub zu machen. Der Sex konnte ja auch noch so gut sein, wenn sie währenddessen unter dem Bett hervorkrabbeln würde, würden sie sie bemerken.

Sie gab sich einen Ruck, überwand ihre Trägheit, und kroch unter dem Bett hervor. Sie rappelte sich vom Boden auf, und trat an den kleinen Schreibtisch. Wenn sie Geld in einem Hotelzimmer ablegen würde, bevor sie es in einen Tresor packte, würde sie es auf den Schreibtisch legen, aber dort war leider nichts, so sehr sie auch die wenigen Dinge dort hin-und herräumte. Sie schaute auf dem Bett nach, vielleicht hatten sie es ja einfach hastig dort hingeworfen, aber auch da war nichts. Sie schlich durch das ganze Zimmer, und ließ ihren Blick herumstreifen, auch über den Boden. Neben der Badezimmertür lag ein kleiner Briefumschlag, sie nahm ihn und öffnete ihn.

Es war ein ziemlich dickes Bündel mit Geldscheinen darin. Sie fing an zu zählen. Denn sie wollte wissen, ob es die kompletten fünfundvierzigtausend Dollar waren. Sie bemerkte plötzlich, dass sie kein Duschgeräusch mehr hörte. Ein paar Scheine flogen auf den Boden. In diesem Moment öffnete sich die Badezimmertür, vor der sie stand. Sie verzichtete darauf, die hinuntergefallenen Scheine aufzuheben, um keine wertvollen Sekunden zu verlieren. Sie hechtete zur Zimmertür, riss sie auf und lief das kurze Stück des Flurs hinab. Sie hörte hinter sich Schreie, hatte aber das Gefühl, dass ihr niemand auf den Fersen war. Vielleicht waren sie noch nackt oder liefen den Flur in die andere Richtung hinab.

Sie war in der Eingangshalle angekommen, und fuhr mit dem Aufzug auf die Etage, in der ihr Zimmer lag. Hoffentlich suchte Nico nicht Etage für Etage ab, aber das müsste ja ein Wahnsinnszufall sein, dass er in diesem gigantischen Hotel gerade in dem Moment ihre Etage absuchte, in dem sie in ihr Zimmer huschte. Im Zimmer angekommen, schloss sie die Zimmertür, und prüfte noch einmal, ob sie auch richtig verschlossen war. Sie legte sich aufs Bett, und zählte langsam das Geld. Wenn sie sich nicht verzählt hatte, waren es 32400 Dollar und ein paar Zerquetschte. Und von Mrs. Ernestos Geld waren auch bestimmt noch gut sechzigtausend Dollar übrig. Das dürfte fürs erste reichen.

Nachdem sie ihre wenigen Sachen zusammengepackt hatte, verließ sie das

Hotelzimmer, fuhr mit dem Fahrstuhl nach unten, und zahlte die Rechnung. Am anderen Ende der Halle sah sie Lisa und wendete sich ab. Sie wollte ihr nicht mehr begegnen, da sie von ihr ja die Chipkarte zu Nicos Zimmer bekommen hatte. Wenn sie von dem Diebstahl erfahren würde oder vielleicht schon erfahren hatte, wäre Lisa eine zu große Gefahr für sie.

Doch als sie auf den Haupteingang zulief, war Lisa auf einmal neben ihr. Verdammt, jetzt würde es doch noch eng für sie. "Ich muss mit dir reden", meinte Lisa. "Komm in einer Stunde zu meinem Zimmer, dann können wir reden", versuchte Misty die Sache hinzubiegen. "Ich hab nämlich gerade keine Zeit." "Ok", ging Lisa darauf ein. "Bis gleich." Zum Glück hatte sie sie vertrösten können, denn wenn Lisa vor ihrer Zimmertür stehen würde, vielleicht schon mit der Hotelleitung oder sogar den Cops, war sie dann schon längst nicht mehr da, und woanders untergeschlüpft.

Mit ihrer Reisetasche und knapp hunderttausend Dollar Bargeld, im Brustbeutel unter ihrem T-Shirt verborgen, bummelte sie den Strip entlang, sie hatte eine Baseballkappe aufgezogen und trug eine Sonnenbrille, wie einige andere Passanten auch. Das musste als Tarnung einfach reichen, falls die Polizei nach ihr suchte. Ihr Plan war, solange zu bummeln, bis sie ein möglichst großes Hotel finden würde, dass ihr zum Abtauchen geeignet erschien.

Ihr fiel das *Bavarian Hotel* ins Auge. Es

war gigantisch groß, und bestand aus einem modernen Teil, und einem Gebäudekomplex, der wie ein Schloss aussah. Sie ließ sich mit einer Touristengruppe in die Eingangshalle treiben. Die männlichen Angestellten an der Rezeption trugen Lederhosen und karierte Hemden, die Frauen Dirndl, wie sie es schon einmal in einem TV-Bericht über das deutsche Oktoberfest gesehen hatte.

Misty trat an die Rezeption, um nach einem Zimmer zu fragen. "Herzlich Willkommen bei uns im Schloss Neuschwanstein", begrüßte sie der Rezeptionist. Misty gefiel die gemütlich-edle Einrichtung sehr, die sie wirklich an ein europäisches Schloss erinnerte. "Kann ich ein Zimmer für zwei Übernachtungen buchen und dann vielleicht verlängern?", fragte sie. Der Hotelangestellte lächelte höflich. "Selbstverständlich, gern."

Michelles Verrat

Der Rezeptionist überredete sie, eine kleine Suite für zwei Übernachtungen zu buchen, weil diese gerade im Angebot war, und statt siebenhundert Dollar die Nacht nur fünfhundert Dollar pro Nacht kostete. Misty hatte kurz überlegt und sich dann entschlossen, dass ihr nach dem ganzen Stress auch mal etwas Luxus zustand. Außerdem wollte sie sich in den zwei, drei Tagen, in denen sie hier war, etwas erholen, um in Ruhe ihre Fluchtroute zu planen.

Die Suite war toll, sie bestand aus einem Schlafzimmer, einem Wohnzimmer mit Essecke und einer kleinen Küche. Sie fühlte sich sofort wohl, und atmete auf. Sie nahm den Bademantel, den sie im Schrank gefunden hatte, und verließ die Suite. Sie nahm den Aufzug und fuhr nach unten in die Lobby. Auch hier gab es eine Ladenpassage, in der sie etwas herumbummelte und schließlich ein Geschäft für Bademode fand. Sie beschloss, den Spa-Bereich zu nutzen, um dort etwas zu relaxen und nachzudenken. Und genau dafür brauchte sie noch einen Badeanzug.

Im Spa-Bereich war wenig los, deshalb fielen ihr die zwei gutaussehenden Männer sofort ins Auge, die aber sehr mit sich selbst beschäftigt waren. Misty probierte jetzt erst einmal den Whirlpool aus und genoss das heiße, sprudelnde Wasser. Sie schloss genießerisch die Augen und hörte mit dem I-

Pod laut Musik: Ihren Lieblingssong "Oops, I did it again" von Britney Spears, als sie auf einmal von der Seite angestubst wurde.

Sie öffnete die Augen und sah, dass zwei andere Gäste mit ihr im Whirlpool saßen, eine fremde Frau und einer der beiden gutaussehenden Männer, die ihr schon aufgefallen waren. "Das war lustig, du hast die ganze Zeit leise mit dem Lied vom I-Pod mitgesungen", sagte die Frau kichernd. Wie peinlich, sie sang mit, und alle hatten es gehört. "Heute Abend ist hier im Hotel die große Karaoke-Nacht, wir gehen hin, komm' du doch auch und sing' dein Lied, dann haben alle was davon." Der Mann stimmte zu: "Ja, ich mach' da auch mit, das wird bestimmt sehr witzig." "Ich überleg's mir, mal gucken, ob ich mich traue", reagierte sie spontan und wollte das Thema schnell beenden. Es war ihr immer noch peinlich, dass alle ihren Gesang gehört hatten. Aber vielleicht wäre das mit dem Karaoke abends ja wirklich ganz unterhaltsam, und wenn sie etwas Alkohol trinken würde, ginge es auch leichter und wäre weniger peinlich.

Zurück in ihrer Suite legte sie sich aufs Bett und holte ihren I-Pod raus, um "Oops, I did it again" in Dauerschleife zu hören. Sie hatte beschlossen, das Lied auswendig zu lernen, um tatsächlich am Karaoke-Abend teilzunehmen. Sie hatte das Gefühl, dass sie kurz davor war, Las Vegas zu verlassen, dass es ganz einfach notwendig war, diese Stadt zu verlassen, weil sich die Schlinge immer weiter um sie zuzog und die Cops bald auf der Matte stehen würden. Und gerade deshalb wollte sie es kurz vor ihrem Abgang nochmal richtig krachen lassen. Immer wieder sang sie das Lied der Popsängerin nach, um den Text auch wirklich hundertprozentig drauf zu haben.

Als sie einigermaßen textsicher war, trat sie vor den Kleiderschrank, in den sie ihre Klamotten samt der neuen Edel-Kleidung einsortiert hatte und fand nicht das Richtige. Ihre normale Highschool-Kleidung schien ihr nicht hip genug für solch einen Auftritt. Aber wieso zog sie nicht einfach die neuen Klamotten an? Dann konnte sie einen auf Edel-Popstar machen, das würde doch bestimmt witzig rüberkommen. Sie zog ein Outfit an: Nein, das war es noch nicht. Sie kombinierte die Hose mit einem anderen Top und legte den schweren Goldschmuck dazu an, dazu die Gucci-Sonnenbrille. Ja, sehr gut, ihr Outfit für den Abend stand, sie war praktisch startklar und hielt es nicht mehr länger in der Suite aus.

Sie fuhr mit dem Aufzug nach unten in die Lobby, und ging raus auf den Strip. Sie hatte das Bedürfnis, mit Michelle zu chatten, und brauchte dafür ein Internetcafé. Sie versuchte, ein Taxi anzuhalten, das aber einfach weiterfuhr. Verdammte Scheiße, sie brauchte ein Taxi. Sie ging wieder zurück in die Lobby und wandte sich an einen der Rezeptionisten. "Könnten Sie mir bitte ein Taxi rufen?" "Ja, natürlich, gerne. Warten Sie einfach draußen vor dem Hotel, es müsste gleich da sein." Warum war sie nicht direkt darauf gekommen, sich ein Taxi an der Rezeption bestellen zu lassen? Sie war einfach eine ganz normale Highschool-Schülerin und das Leben in der großen, weiten Welt nicht gewohnt.

Aber es machte so einen verdammten Spaß, immer neue Erfahrungen zu sammeln, sie konnte einfach nicht genug davon bekommen, Neues auszuprobieren, und dafür war Las Vegas genau die richtige Stadt. Sie trat vor das Hotel und kurze Zeit später bog ein Taxi in die Einfahrt und hielt fast vor dem Haupteingang. Ein Pärchen steuerte auf das Taxi zu und wollte es für sich in Anspruch nehmen, aber nicht mit ihr, jetzt war sie dran. "Das ist mein Taxi!", rief sie laut und rempelte grob an dem verdutzten Pärchen vorbei aufs Taxi zu.

Während sie einstieg, hörte sie die Leute noch schimpfen. "Das gibt es doch nicht! So eine Unverschämtheit!" Doch das war ihr vollkommen egal, sie würde sich nichts mehr gefallen lassen, dafür hatte sie schon zu viel mitgemacht und durchgestanden. "Zum nächsten Internetcafé bitte", gab sie dem Taxifahrer Anweisung. "Geht klar", antwortete er. "Du hast dich aber schick gemacht, junge Lady", meinte er gut gelaunt. Misty fand seine Art sympathisch und stieg drauf ein: "Ich lauf' immer so rum, ich bin ein angesagtes It-Girl." Sie musste lachen und steckte den Fahrer mit ihrem Lachen an.

Nachdem der Taxifahrer sie am Internetcafé abgesetzt hatte, fand sie erst keinen freien Platz. Nachdem sie einige Zeit gewartet hatte, wurde endlich was frei. Aber ein Mann, der an ihr vorbei hastete, war schneller und schnappte ihr den Platz vor der Nase weg. Sie tippte ihm auf die Schulter. "Ich warte hier schon länger, das ist mein Platz." Der Mann drehte sich zu ihr um. "Mach' 'nen Abflug, Mädchen, sonst rufe ich die Polizei."

Da Misty die Polizei am wenigsten gebrauchen konnte, zog sie sich zurück und belegte fünf Minuten später einen anderen frei gewordenen Platz. Sie ging sofort in ihr Postfach und weil sie, aus Angst zurückverfolgt zu werden, ein paar Tage lang ihre Emails nicht gecheckt hatte, hatten sich einige angesammelt, mehrere auch von Michelle. Sie öffnete die Neueste. "HI MISTY, ICH HABE DICH BIS JETZT NICHT ERREICHT. WEGEN GUTER FÜHRUNG HABE ICH EIN PAAR TAGE HAFTURLAUB BEKOMMEN UND WÜRDE DICH GERNE TREFFEN. WO BIST DU? WANN KÖNNEN WIR UNS SEHEN?" Das war ja toll, endlich würde sie mal ein vertrautes Gesicht wiedersehen und dann auch noch den süßen, kleinen Bingo.

Weil sie sich so freute und Michelle und Bingo gerne treffen wollte, antwortete sie direkt: "Ich bin in Las Vegas, im *Bavarian Hotel*. Komm' einfach morgen dorthin, tagsüber bin ich meistens draußen im Poolbereich, da wirst du mich finden."

Am nächsten Tag lag Misty dösend in der Sonne am riesigen Pool, als sie Michelle mit Bingo an einer der Terrassentüren stehen sah. Sie winkte sie zu sich herüber und fiel ihrer Freundin um den Hals. "Toll, dass ihr beiden hier seid." Michelle machte allerdings einen recht wortkargen und angespannten Eindruck. "Ja, ist ja richtig schön hier, Bingo

und ich waren noch nie in Las Vegas." Misty
rief einen Ober zu sich. "Bringen Sie uns
Cocktails, meine Freundin muss etwas locker
werden und sich an Las Vegas gewöhnen."
Sie genossen ihre Cocktails, als Misty auf
eine Animateurin aufmerksam wurde, die am
Beckenrand Übungen mit einer
Schwimmnudel vormachte, die die
Teilnehmer eines Wassergymnastik-Kurses
nachmachen mussten.

Als die Frau eine Pause einlegte und in
Richtung Hotelterrasse verschwand, ergriff
Misty, weil sie durch die Cocktails leicht
angeheitert war, die Gelegenheit und nahm
sich eine Schwimmnudel. "Ich übernehme die
Vertretung", rief sie den Teilnehmern im
Wasser zu. "Die Wassergymnastik geht
weiter!" Sie steckte sich die Schwimmnudel
zwischen die Schenkel und bewegte sie
stoßartig wie einen Dildo hin und her, und
gab ein Stöhnen von sich, als stünde sie kurz
vor einem Orgasmus. "Ohh jaaaa, ohhhhh
jaaaaa", stöhnte sie so laut, dass alle es
hören konnten. " Wir stoßen immer fester mit
der Nudel zu, ohhhhhh jaaaaa! Alle
mitmachen!" Sie bewegte die Nudel immer
weiter zwischen ihren Beinen. Die
Reaktionen bei den Badegästen waren sehr
gespalten, einige lachten und machten mit.
Einige legten aber ihre Schwimmnudel
beiseite und verließen das Becken.
"Unverschämtheit", hörte Misty eine Frau
schimpfen. "Das Niveau hier ist ja
unterirdisch."

Sie sah plötzlich einen
Polizeihubschrauber am Himmel, und an

142

einem der Terrasseneingänge waren zwei Cops, die herüberguckten, und Michelle und Bingo waren verschwunden. Ihr kam plötzlich ein ganz böser Verdacht: Hatte Michelle sie hier nur treffen wollen, um sie den Cops auszuliefern?

Aber wie auch immer, sie musste weg hier und zwar ganz schnell. "Die Wassergymnastik ist beendet. Kommen Sie bitte alle zu mir zu einer Besprechung, wie das Training weitergehen wird."

Nachdem sich die Leute, die sich von ihrer verrückten Vorführung nicht hatten vergraulen lassen, um sie herum geschart hatten, wendete sie sich an sie: "Sie gehen bitte jetzt alle mit mir in die Lobby, da spendiere ich eine Runde Cocktails für alle, wer trödelt, bekommt nichts mehr." Ihr Plan war, in dem Pulk von Menschen unbeschadet ins Hotel zu kommen, um sich dort zu verstecken.

Sie hatte es geschafft, war in einem der oberen Geschosse angekommen, und hastete den Gang entlang. Dort standen zwei Türen offen, wahrscheinlich wurden die Zimmer saubergemacht. Sie wollte gerade in das erste Zimmer hineinschlüpfen, als sie dort zwei Reinigungskräfte reden hörte. Im zweiten Zimmer, das offenstand, hatte sie mehr Glück, es war leer. Sie betrat es, verriegelte die Tür und versteckte sich aus alter Gewohnheit unter dem Bett, ihrem Stammplatz. Hier wollte sie erst einmal abwarten. Nach einiger Zeit hörte sie durch das offene Fenster eine Lautsprecherdurchsage: "Hier spricht die

Polizei!! Wegen einer Polizeiaktion bitten wir alle Personen, die sich im *Bavarian Hotel* befinden, das Gebäude umgehend zu verlassen."

Das war es dann wohl, es würde bald zu Ende sein. Hier rauszukommen, würde sie nicht schaffen, diesmal nicht. Es konnte nicht anders sein, Michelle musste damit zu tun haben, kaum tauchte sie hier auf, war die Polizei da. Na warte, die konnte was erleben! Aber hallo!!! Aber war es nicht dumm und absolut überflüssig, sich unter dem Bett zu verstecken? Die Cops wussten doch bestimmt inzwischen das meiste über sie und würden unterm Bett zuerst suchen. Und sie würden jedes einzelne Zimmer abgrasen. Sie konnte sich also auch ausnahmsweise anstatt unters Bett, ins Bett legen und so auf bequeme Art auf die Polizei warten.

Sie krabbelte unter dem Bett hervor und ging ans Fenster. Während sie sich, so gut es ging, hinter der Gardine verbarg, beobachtete sie, was sich unten auf der Straße vor dem Hotel tat. Es war alles weiträumig von der Polizei abgesperrt, und aus Richtung Haupteingang kam tröpfchenweise ein nicht nachlassender Strom von Menschen. Das Hotel wurde also wirklich geräumt, um sie zu isolieren und in die Enge treiben zu können. Und wieder kam sie sich vor wie eine Ratte, und zwar wie eine Ratte, die in der Falle saß.

Weil sie mega-nervös war, schaltete sie den Fernseher ein, um sich abzulenken, und zappte ungeduldig durch die Programme, um etwas Interessantes zu finden. Sie blieb bei einem Sportsender hängen: Es kam Wrestling. Cool, die Männer sahen gut aus und es war Action pur. Das wäre doch was, wenn sie irgendwann einmal unter dem Bett eines Wrestlers wäre, das wäre toll.

Als sie gerade den Wrestling-Kampf im TV genoss, wurde an der Zimmertür gerüttelt. Ok, dann war es jetzt soweit, ihr Trip nach Las Vegas war dann wohl beendet. Sie wollte aufstehen, um zur Tür zu gehen und die Cops reinzulassen. In diesem Moment wurde die Tür geöffnet, und ein Einsatzkommando stürmte herein. Misty, die auf dem Bett saß, wurde gepackt und auf das Bett geschleudert, mit dem Gesicht auf die Matratze. Dann wurden ihr Handschellen angelegt.

Sie saß auf dem Polizeirevier einem Beamten gegenüber. Nachdem der sie mit Fragen gelöchert hatte, wendete sie sich jetzt an ihn: "Darf ich auch was fragen?" Der Beamte lächelte: "Klar, fragen darfst du alles, nur frei rumspazieren und dich unter fremden Betten verstecken darfst du für einige Zeit nicht mehr."

Misty war erleichtert, der Beamte schien ihr gar nicht feindlich gesonnen zu sein und plauderte gerne mit ihr. "Warum seid Ihr so nett zu mir? In Filmen gehen die Cops doch meistens viel heftiger mit Verbrechern um." Der Cop musste lachen. Du bist ja keine Kindermörderin oder sonstiger Abschaum. Ich glaube, ich muss dich mal aufklären, was da draußen abgeht. Du bist eine Berühmtheit, ein Medienstar. Alle Sender berichten über dich, das Internet explodiert

145

fast, kleine Kinder verstecken sich unter ihren Betten und behaupten, Misty zu sein, und zwar in den gesamten USA!!"

Misty war sprachlos, aber auch froh, dass der Cop ihr ihre momentane Situation geschildert hatte. Sie würde sich darauf einstellen müssen, im Knast Probleme zu bekommen, da bei einigen sicher Neid entstehen könnte wegen ihrem neuen Promi-Status.

Zum Glück war sie wieder nach Downhill gebracht worden. Beim Hofgang steuerte sie auf Michelle zu, die mit Bingo auf einer Bank saß. "Na, Verräterin", begrüßte Misty ihre Freundin in strengem und hartem Ton. "Ich kann dir alles erklären", fing Michelle an. Misty unterbrach sie grob. "Was gibt es da zu erklären? Du hast mich verpfiffen." Michelle schaute sie nur schweigend an, dann sagte sie: "Du kennst aber nicht die Gründe, warum ich es getan habe. Die haben mich unter Druck gesetzt, und als ich mich geweigert habe, haben sie mir Bingo weggenommen."

Sie begann zu weinen. "Und als ich es nicht mehr ausgehalten habe, habe ich gedacht, dass sie dich früher oder später sowieso schnappen, dass du nicht ewig auf der Flucht sein kannst und dass sie mir Bingo vielleicht für immer wegnehmen." Sie schluchzte jetzt heftig, und Misty verstand. Sie rückte an Michelle heran und nahm ihre Freundin in den Arm. "Ich verstehe dich und verzeihe dir, alles ist gut, alles ist gut."

Michelle hatte sich wieder beruhigt und sah Misty lächelnd an. "Weißt du eigentlich, dass du eine richtige Berühmtheit geworden bist?" Misty lachte. "Einer der Cops hat mir so etwas schon angedeutet." Im Fernsehen läuft viel über dich." Michelle war richtig begeistert.

Mit einer Sondergenehmigung von Herrn Goubiny hatte Misty einen Werbevertrag einer Chips-Marke angenommen. Tom hatte ihr jemanden vermittelt, der ihre Interessen beim Aushandeln des Vertrags vertreten konnte: Al Buster. Er war ein Geschäftspartner von Tom und hatte schon viele Vertragsabschlüsse begleitet. Misty betrat den Besucherraum, und ein etwa sechzigjähriger Mann kam auf sie zu. "Hallo, Misty, ich bin Al. Schön dich kennenzulernen." Sie reichte ihm die Hand, er war ihr sehr sympathisch, und sie fühlte sich bei ihm direkt sehr gut aufgehoben. "Hallo Al, toll, dass Sie mir helfen, bei solchen Vertragsverhandlungen wäre ich alleine total aufgeschmissen." Sie setzten sich an einen Tisch im Besucherraum, den ein Wärter ihnen zuwies.

Es stand schon eine Plastikpumpkanne bereit, und da Misty hier schon öfter Besuch empfangen hatte, ergriff sie die Initiative. "Wie wär's erstmal mit 'nem Kaffee? Zum Lockerwerden." "Ich bin schon locker genug drauf", meinte Al schmunzelnd. "Aber ich nehm' gern' 'ne Tasse." Misty pumpte für sich und Al einen Kaffee in die Tassen, und schob Al seine Tasse hinüber. Er trank einen Schluck und sah Misty durchdringend an: "Vielleicht ist es dir noch nicht ganz klar, aber du bist im Moment eines der gefragtesten Werbegesichter des Landes. Ich habe sogar schon weitere Anfragen für dich. Du wirst mindestens fünf Millionen Dollar verdienen, wenn es sich positiv weiterentwickelt, im besten Fall sogar das Zehnfache, ganz ohne Witz."

Misty setzte die Kaffeetasse, aus der sie gerade einen Schluck trinken wollte, wieder auf dem Tisch ab. Sie sagte einige Sekunden gar nichts. "Ich weiß", meinte Al. "Das ist erstmal ein Schock für dich, aber ich denke mal, ein sehr positiver Schock." Misty hatte sich wieder einigermaßen gefasst. "Al, das ist wirklich heftig, das muss ich erstmal sacken lassen." "Was wirst du mit dem ganzen Geld machen? Kaufst du dir ein ganzes Footballteam?", witzelte er.

Sie schaute ihn gedankenverloren an. "Also achtzig Prozent werde ich spenden, was ich mit dem Rest mache, keine Ahnung. Ne, doch: Der Surfschule meiner Tante geht's nicht so gut, der muss ich auch noch helfen." Jetzt war es Al, der einige Sekunden lang sprachlos war. "Das mit den achtzig Prozent spenden meintest du als Witz, oder? Du hast einen interessanten Humor." "Nein, das ist mein Ernst", sagte Misty bestimmt. "Es gibt sehr viele Leute, die es nicht so gut haben wie ich und die nicht so viel Spaß im Leben haben wie ich, das möchte ich ändern." Al schaute sie nachdenklich an. "Das ist neu für mich, so etwas habe ich noch nicht erlebt, vor allem nicht bei jemandem wie dir, der vorher nicht viel hatte, und im Knast sitzt."

Einige Tage später war es soweit. Mit einer Fußfessel ausgestattet, wurde Misty abgeholt. Dr. Roodings verabschiedete sie an der Gefängnispforte. "Ich bin nicht hundertprozentig einverstanden damit, dass dir diese Sonderbehandlung zugestanden wird, aber Mr. Goubiny hat nun mal immer noch das letzte Wort hier." Und so leise, dass Misty es beinahe kaum mitbekommen hätte, fügte sie noch hinzu: "Leider." Misty ging nicht weiter darauf ein. Diese Frau war ihr nicht ganz geheuer und sie hatte bei ihr ein komisches Gefühl. Eine Wärterin kam angelaufen. "Der Wagen steht jetzt bereit." Misty war froh, von Dr. Roodings wegzukommen, und war schon ganz gespannt, wie der Werbedreh in dem kleinen Aufnahmestudio in West-Hollywood laufen würde.

Das Auto stoppte am Studio. Nachdem sie ausgestiegen waren, war die Wärterin etwas überfordert, denn wie bestellt und nicht abgeholt standen sie vor dem Eingang. Es war keine Klingel zu sehen. "Ich werde mal telefonieren", sagte sie, und kramte ein Handy aus der Hosentasche ihrer Dienstuniform. "Hallo, hier ist die Aufseherin von Downhill mit der Strafgefangenen Misty wegen der Werbeaufnahmen." Kurze Zeit später öffnete sich die Tür und ein Mann erschien. "Hallo zusammen." Misty war froh, denn jetzt würde es dann ja hoffentlich bald losgehen.

Nachdem sie im großen, hell ausgeleuchteten Studio angekommen waren, erklärte der Mitarbeiter: "Das Konzept der Chips-Werbung ist folgendermaßen: Du liegst unter einem Bett, daran bist du ja schon gewöhnt." Er lachte. Misty lachte nicht. "Ok", fuhr er in einem ernsthaften Ton fort. "Ein Footballspieler isst die Nachos und stellt die Schüssel vors Bett. Du greifst danach." "Cool", sagte sie. "Ist es ein bekannter Footballspieler?" "Nein, es ist nur einer der tausenden, arbeitslosen Schauspieler in Hollywood, die für einen winzigen Betrag zu haben sind. Der Hauptteil unseres Budgets geht bereits für dich drauf." Jetzt musste auch Misty lachen. "Aber er sieht so aus, wie die Fernsehzuschauer sich einen Footballspieler vorstellen."

Im Krankenhaus

Nur leider lief nicht alles so harmonisch ab, denn Latisha war ihr gegenüber feindseliger denn je. Sie begegnete ihr beim Hofgang. "Da ist ja unser Promi. Verlangst du hier jetzt auch eine Luxus-Suite? Darf es noch etwas Champagner sein? Vielleicht noch etwas Kaviar dazu?" Misty versuchte, sich an Latisha vorbeizudrängeln. Doch Latisha trat ihr in den Weg. "Geh' nicht so arrogant an mir vorbei. Du bist hier nichts Besseres. Du hast dich schnappen lassen, und bist eine Versagerin!", fing sie an, sie zu beleidigen. Misty wollte sich das nicht gefallen lassen. "Du bist selbst das Allerletzte! Niemand mag dich hier, Latisha!"

Latisha hatte sich hingekniet, um ihren Schnürsenkel zuzubinden und war in der Hocke, unterhalb von Misty. Wütend geworden durch ihre Reaktion, zog Latisha auf einmal ein Messer hervor und streckte es ihr drohend von unten entgegen. In diesem Moment wurde Misty von hinten angerempelt, während sie gerade auf der Kante einer Stufe stand. Sie verlor das Gleichgewicht, fiel in Latishas Messer, das noch immer auf sie gerichtet war, und spürte einen stechenden Schmerz. Alles um sie herum wurde schwarz.

Es war sehr still im Fernsehraum von Downhill, obwohl er voll besetzt war. Und als die Nachrichtensendung begann und es in

151

der ersten Meldung um Misty ging, war es mucksmäuschenstill, so dass man eine Stecknadel hätte fallen hören können. Alle lauschten der Reporterin, die vor dem Krankenhaus stand, neben ihr viele Menschen mit betroffenen Gesichtern und kleinen Teelichtern in ihren Händen.

"Guten Abend Amerika, ich stehe hier live vor dem City-Hospital in Downtown Los Angeles. Vor etwa einer halben Stunde hat es eine Pressekonferenz der behandelnden Ärzte gegeben. Ich fasse die Hauptaussage der Ärzte zusammen: Es steht sehr schlecht um 'Stalking Misty', ihre Überlebenschancen sind nicht hoch. Es kann sein, dass sie diese Nacht nicht überleben wird. Die Stimmung hier vor dem Krankenhaus ist so, dass die Menschen hoffen wollen, und dass es nur noch eine Möglichkeit gibt: Für sie zu beten: Pray for Misty." Bei diesen Worten war von einigen Menschen vor dem Krankenhaus ein leises Weinen zu hören und immer wieder die Worte: "Pray for Misty, pray for Misty."

Die Reporterin hatte sich wieder etwas gefasst: "Und wir alle wollen uns nochmal an den Lebensweg von 'Stalking Misty' erinnern, die den falschen Weg eingeschlagen hatte, die gescheitert ist, dann aber zu einer Symbolfigur für den amerikanischen Traum geworden ist, dass jeder es schaffen kann, dass man Fehler machen kann und trotzdem eine zweite Chance bekommt. Misty hat diese zweite Chance genutzt und hat ein gigantisches Vermögen gemacht mit ihren verrückten Erlebnissen. Dann ist sie zur Heldin geworden, indem sie den Großteil dieses Vermögens an Bedürftige gespendet hat, an Menschen, die am Rande unserer Gesellschaft leben. Und das sind die Gründe, warum diese Menschen hier vor dem City-Hospital und die Millionen Menschen da draußen vor den Bildschirmen jetzt für dieses tolle, tapfere Mädchen beten. Und damit verabschiede ich mich an diesem Abend und hoffe mit Ihnen, dass all unsere Gebete erhört werden."

In der ersten Reihe vor dem Fernseher saßen Michelle mit Bingo, Patrick und Joanne.

Patrick und Joanne wollten diesen kritischen Abend mit den Menschen verbringen, mit denen Misty bis zuletzt zusammengelebt hatte, Denn Misty hatte ihnen immer wieder erzählt, dass sie auch tolle Menschen wie Michelle im Gefängnis kennengelernt hatte. Später wollten Joanne und Patrick dann noch ins Krankenhaus fahren, um bei Misty zu sein. Gerührt von dem Fernsehbericht weinte Michelle, und auch Bingo begann zu weinen. Auch einige der anderen Insassen waren noch immer sehr betroffen. Die Tür des Fernsehraums fiel ins Schloss und verursachte einen kleinen Windstoß: Die Kerze, die auf dem Tischchen neben der Tür stand und als Zeichen der Hoffnung für Misty angezündet worden war, erlosch in diesem Augenblick.

Inhaltsverzeichnis